# Una estrella más

# Una estrella más

Salvador Quirarte

Número de Control de la Biblioteca del Congreso de EE. UU.:        2014914076
ISBN:              Tapa Dura                                  978-1-4633-9035-8
                   Tapa Blanda                                978-1-4633-9034-1
                   Libro Electrónico                          978-1-4633-9033-4

**Para realizar pedidos de este libro, contacte con:**
Palibrio LLC
1663 Liberty Drive
Suite 200
Bloomington, IN 47403
Gratis desde EE. UU. al 877.407.5847
Gratis desde México al 01.800.288.2243
Gratis desde España al 900.866.949
Desde otro país al +1.812.671.9757
Fax: 01.812.355.1576
ventas@palibrio.com
663445

# ÍNDICE

# PROLOGO DEL AUTOR

Estimados lectores,

Como este autor no tiene mucha experiencia en eso de escribir novelas, aun cuando he sido un ávido lector toda la vida y disfruto escribiendo historias cortas, decidí aplicar al inicio de este libro la sana costumbre de hacer algunos comentarios iniciales para ubicar a los lectores en el contexto y personajes de la obra.

En el mismo tenor le doy gracias a muchos mexicanos de ayer y de hoy, por haber sido y saber seguir siendo mexicanos.

También hay que felicitar a todos los méxico-estadounidenses que ya son parte del proceso de transformación de la genética social de este país en el que resido desde hace casi 20 años y por supuesto, a millones de estadounidenses que a lo largo de muchos años han abierto sus casas y sus corazones a los inmigrantes que en diferentes épocas han llegado voluntaria e involuntariamente a este país, ya sea desde Europa, África, Asia o Latinoamérica, empujados por los flujos de la historia en nuestro planeta.

Finalmente hay que darle las gracias a Dios y al Diablo, por habernos marcado a México y Estados Unidos un inexorable destino común, que hemos vivido y viviremos por siempre juntos.

Esta novela es imaginaria.

Se desarrolla en un futuro muy cercano y de algún modo también habla de un pasado que todavía no ha sucedido, o sea que siendo pasado también es futuro. Creo que esas son algunas de las posibilidades maravillosas que nos da la imaginación.

La historia se genera por los relatos que le hace el "hombre de la pipa" a Abío, un periodista "méxico-americano" de investigación política, que en sus entrevistas iniciales con este personaje va descubriendo los hilos de una trama política que involucra a ambos países en momentos muy críticos de un extraordinario episodio de la compleja relación que se mantiene entre ellos, llevándonos en el corto lapso de una semana a una intensa aventura, con la magia de fascinantes lugares y con interesantes personajes, que nos hacen vivir en primera línea, singulares eventos de la intrincada, difícil y tensa política al más alto nivel en ambos países.

Esa información proporcionada de primera mano por el "hombre de la pipa" al periodista Abío, le permitirá a este último continuar investigando hasta conocer una buena parte de esta historia, misma que nos comparte en este libro, la cual se desarrolla simultáneamente en México y en Estados Unidos al final del mes de Julio y principios del mes de Agosto del año 2015.

En esas mismas fechas se inició el proceso de las elecciones presidenciales del año 2016 en los Estados Unidos, que arrancó formalmente con la Encuesta Presidencial del Partido Republicano en el Estado de Iowa, celebrada el 8 de agosto de 2015.

Como dicen en las películas, cualquier similitud con alguna persona o hecho real es mera coincidencia o casualidad, incluyendo al "hombre de la pipa" y a los distinguidos personajes reales e imaginarios de la política y de la no-política de México y de los Estados Unidos, que me han honrado protagonizando esta novela.

Muchas referencias geográficas e históricas son reales y traté de apegarme lo más posible a las fuentes originales de esa información.

Esta es una Novela Corta, que también puede analizarse desde la perspectiva de ser un ensayo de crítica política y de propuestas de desarrollo social, político y económico para México y los Estados Unidos y sin duda, para las relaciones e interacciones que se dan entre ambos países.

Espero que disfruten la lectura de esta corta novela:

Los Capítulos de esta historia que se desarrollan principalmente en México están numerados y/o identificados como: Prólogo, Capítulos 3, 5, 7, 8, 9, 10, 13 y el Capítulo Final.

Los Capítulos de la Novela que se llevan a cabo primordialmente en los Estados Unidos, están titulados como "Chapters", correspondiéndoles los números: 1, 2, 4, 6, 11, 12, 14 & 15.

Además hay un capítulo de cierre, titulado "La Despedida", que incluye algunas Reflexiones del Autor.

Muchas Gracias
*Salvador Quirarte*

# CHAPTER ONE

## "EL HOMBRE DE LA PIPA"

Mi nombre profesional público es Abío y desde que llegué a este país procedente de México, trabajo como periodista de investigación política. Esta labor me ha dado grandes satisfacciones, siguiendo muy de cerca el desarrollo político de la comunidad llamada "latina" o "hispana", que como resultado de un crecimiento acelerado en el 2016 representara el 17% de la población total de este país, siendo yá la primera minoría de la población norteamericana.

En mi diaria labor frecuentemente sostengo entrevistas con diversas gentes que yó ubico o bien, que alguien me refiere como personas que pueden aportar algún valor a mis investigaciones, pero solo en muy raras ocasiones tengo la fortuna de encontrar a alguien que realmente me sorprenda, al brindarme información importante y verídica que me permita desarrollar un tema verdaderamente extraordinario y trascendente, como sucedió durante las increíbles y largas conversaciones que sostuve con el "hombre de la pipa", a quien tuve la suerte de entrevistar varias veces a lo largo de un mes, en la pequeña casa remolque en que hoy vive en el sur de los Estados Unidos. Esa información me impulsó a desarrollar una apasionante investigación cuyos detalles y resultados comparto a continuación.

La entrevista inicial:

Llegué temprano en esa mañana fresca a tocar la puerta de la casa rodante en la que vivía el hombre "de la pipa", a quien apenas había yo conocido telefónicamente un día antes en la llamada él que me hizo para pedirme que lo visitara.

*"Amigo Abío, pase usted".*

*"Mire Abío, como le comenté ayer, lo invité a que me visitara para platicarle muchas cosas que yo sé de primera mano, porque las viví personalmente y que creo que es importante que se conozcan, tanto aquí en este país como en México".*

*"Como ya estoy cada día más viejo, quiero contarle esta historia antes de que se me olviden muchas de las cosas que pasaron en aquellos días, es decir, cuando se consolidó la globalización y todas esas porquerías que acabaron con lo poco que nos quedaba a los mexicanos y a muchos otros que estaban igual de fregados pero que tuvieron menos chance que nosotros. Y también le voy a hablar de otras cosas buenas que pasaron por acá en el norte por ese mismo tiempo, comprobando con ello que es cierto lo que decía mi abuelo Teófilo, de que Dios aprieta pero no ahorca".*

*"Abío, ya no sé si ésta es una historia imaginaria o en buena parte es cierta, que por ser imaginaria y cierta al mismo tiempo, no deja de hacerme pensar que alguna vez así sucedió, lo cual me da escalofríos, de esos que a mis años solo se quitan con un trago de tequila".*

*"Créanme Abío que de ninguna manera todo esto fue un acto de traición a ninguna de las dos patrias, como fácilmente se hubiera considerado antes, aunque algunos por ahí de uno y otro lado aún piensan que quien sabe".*

*"Como yo soy el relator y usted es el que me escucha y graba todo lo que le estoy contando, pa´no aburrirme yó y no*

*aburrirlo mucho a usted, le voy echar el cuento lo mejor que pueda".*

*"La cosa se puso muy seria, como verá más adelante. Todo este asunto fue mucho muy complicado y grave para los mexicanos de este lado, y también para los mexicanos del otro lado, es decir, los que viven allá abajo del río Bravo, que ahora según los americanos se llama "George W. Bush Irrigation Causeway number fifty one", y ni que decir, que para algunos americanos también fue una medicina mucho muy difícil de tragarse".*

*"Pero mejor primero le cuento las cosas que pasaron de este lado, es decir acá en los United States".*

*"Es más, creo que todavía les han de salir ronchas a muchos cuando se acuerdan de todo lo que pasó"*

*¿"Sabe qué, Abío"?*

*"Que le parece si le seguimos otro rato y más tarde vamos a comer algo aquí cerca pa´que ahora hable usted, porque yo yá le eché mucho rollo y apenas vamos empezando con esto".*

*"Y luego me trae de regreso a mi casa y mañana temprano lo espero aquí de nuevo"*

*¿"Le parece bien"?*

A mi regreso al hotel en Houston ya bien entrada la tarde, no podía dejar de pensar en todo lo que me había dicho "el hombre de la pipa" en esas primeras cuatro horas de conversación que sostuvimos en su casa remolque y que para mí se fueron volando.

Según me explicó el "hombre de la pipa" todo esto empezó en diciembre del 2014 después de que finalmente los americanos en su segundo intento pudieron empezar a salir de Irak, para desviar la atención de su estrategia política internacional hacia Rusia, Ucrania e Israel, llevando a cabo negociaciones muy complicadas con otros países árabes y apoyándose en los europeos, por cuya participación hubo que pagar un precio muy alto, ya que ese apoyo de ninguna forma fue gratuito, pese a que a ellos también les interesaba frenar el renacer de la influencia expansionista de Rusia bajo el liderazgo de Putin.

Para lograr lo anterior, los Estados Unidos tuvieron que otorgar importantes concesiones económicas, comerciales y políticas a la Unión Europea, así como a Rusia, garantizándole a esta última la aceptación de su control sobre una buena parte de Ucrania, y con ello, se aseguró el abasto desde Rusia de un tercio del consumo de gas natural de la Unión Europea, lo que era especialmente crítico para Alemania, sorteando con serias dificultades el dramático incidente del derribo del avión de Malaysia Airlines que en el mes de Julio de ese año volaba sobre Ucrania, así como el lograr que Israel y los Palestinos finalmente acordaran un cierto acuerdo de paz y de colaboración, después de la escalada militar del verano de ese año que generó cientos de víctimas para ambos lados.

En esta forma Europa logró empezar a salir de la crisis iniciada en el 2008 en un nuevo intento para consolidar el crecimiento necesario que les permitiera dar el paso final a la integración de la Comunidad Europea, como una Federación de Estados y no solo como un club financiero y comercial, como lo fue en un principio el Mercado Común.

Esta unión en Europa fue la única y mejor forma que tuvieron todos esos países para intentar defenderse de la gigantesca y acelerada expansión económica y comercial de China, que para entonces al igual que ahora, yá dominaba prácticamente todos los mercados de consumo y de manufactura del mundo.

Una vez que Europa fuera realmente una-sola-Europa, esperaban tener acceso privilegiado a los mercados de las

Américas, del Este de África y de los países Árabes, así como a los recursos energéticos de la península Arábiga y de Rusia. De inmediato el euro se fortaleció provocando una caída del dólar americano del valor previo de 80 centavos de euro por dólar del 2014, a la paridad actual de 61 centavos de euro por dólar.

El impacto de esta situación fue tremendo para Estados Unidos, aunque le permitió recuperar en alguna medida la competitividad que había perdido contra las otras economías del planeta y en especial contra las asiáticas. Con un dólar verdaderamente barato, las fábricas y empresas de servicios americanas y de otros países que se habían desplazado por miles hacia China y la India, empezaron a regresar rápidamente a Estados Unidos buscando nuevamente costos de operación y de mano de obra barata como una medida desesperada de sobrevivencia.

La sociedad norteamericana resintió el ajuste. De ser un país rico, Estados Unidos inició una conversión rápida para transformarse en un país con niveles de salarios casi del tercer mundo.

Curiosamente, la apertura acelerada de trabajos en aquellas empresas que regresaban de Oriente y de muchas empresas europeas que se instalaban o compraban fábricas en los Estados Unidos, para también aprovechar mano de obra barata, permitieron que los norteamericanos empezaran a tener más ofertas de trabajo.

Era tal la demanda de mano de obra en ese momento, que la presión sobre el Presidente por parte de la opinión pública, de la prensa y de muchos empresarios y capitalistas en Estados Unidos, lo obligaron a relanzar su famosa y fracasada iniciativa para la amnistía de indocumentados, en una versión actualizada mediante el nuevo programa especial de Amnistía-2015, para permitir la posibilidad de legalización adicional de cerca de un millón de los millones de indocumentados que yá estaban en los Estados Unidos.

El propósito del programa Amnistía-2015 era lograr que los nuevos trabajos que se estaban generando en Estados Unidos fueran ocupados por estadounidenses y por aquellos que entraron como ilegales en el pasado y que bajo este programa, cumpliendo con los requisitos necesarios ahora podían trabajar legalmente.

El problema fue que este nuevo respiro económico de la economía estadounidense al retomar cierto crecimiento y competitividad generando nuevos empleos, que aunque se pagaban con dólares devaluados, finalmente eran empleos, no pudo detener una nueva ola masiva de migración desesperada de casi tres millones de ilegales más, incluyendo un porcentaje superior al 20% de menores de edad, que llegaban solos o acompañados de sus padres, provenientes de México, de Centroamérica, del resto de Latinoamérica, del Caribe y en menor número de muchos otros países del mundo, ya que a diferencia de Estados Unidos que presentaba cierta recuperación, la gran mayoría de esos países prácticamente continuaban sumidos en una profunda crisis de pobreza e inseguridad.

Además, muchos de los nuevos trabajos creándose en Estados Unidos se los daban ahora a esos nuevos indocumentados que estaban llegando en gran número y que aceptaban salarios más bajos, sin que hubiera forma efectiva de controlar aquello.

Cuando el dólar se fue hacia abajo ante la solidez del euro, las monedas latinoamericanas, incluyendo el Peso mexicano también fueron arrastradas. Si los Estados Unidos se empobrecieron, hay que imaginarse el nivel absoluto de miseria que invadió a México.

Recuerdo que después de un buen rato mientras ambos seguíamos tomando café ya casi para salir a almorzar, seguía yo escuchando al "hombre de la pipa" que sin parar de hablar me contaba todas estas cosas. Apenas me daba tiempo de ir tomando algunas notas, para luego apoyarme en ellas cuando escuchara las grabaciones de estas conversaciones.

De pronto él se detuvo y me dijo:

*"Mire usted Abío, espéreme aquí por favor, para ir un momentito al baño, porque a mi edad, como yá se imaginara, con todo y las medicinas que me da el doctorcito pa'la próstata, pos de todos modos ando a la corre y corre a cada rato".*

Dos minutos después escuché como se lavaba las manos para regresar a sentarse en su silla y continuar, mientras atrás a mis espaldas aún se oía el ruido del agua llenando el tanque del excusado del pequeño baño de la casa remolque en la que estábamos.

*"Ahora si amigo, ya estoy más tranquilo. Usted no quiere pasar al baño, con confianza Abío, que esta es su casa".*

Nó gracias, le contesté.

*"Bueno pues, entonces le seguimos que ya me empieza a dar hambre:"*

*"Previamente en México, primero los gobiernos Panistas de derecha y luego los Priistas de centro, que se habían posicionado en la Presidencia, no pudieron seguir cumpliendo las promesas populistas de beneficios y prosperidad social que les permitieron consolidarse en el poder cuando empezó la crisis, obligando a la gente a buscar una esperanza en la migración a los Estados Unidos".*

*"El número de grupos armados, criminales o revolucionarios, que florecieron en la yá lastimada patria mexicana, convirtió al país en un grave caos a partir del año 2000, con los Carteles de la Droga, criminales de toda índole, organizados y desorganizados, la Guerrilla y los grupos Paramilitares de autodefensa disputándose cada metro cuadrado, cada peso ganado honradamente y cada ser humano del país, cobijado*

*todo ello por una amplia y descarada corrupción a todos los niveles de gobierno".*

Y como me comentó el "hombre de la pipa" un poco más tarde mientras nos echábamos unos buenos tacos al pastor en la Taquería Abasolo de la calle Hogan, que como bien dijo quedaba cerca de su casa:

*"Abío, en este escenario, a partir de los últimos días del mes de Julio del 2015 se inició una intensa aventura en la que se vieron involucrados algunos personajes muy representativos de la realidad que hoy se vive en los Estados Unidos, y de la realidad que hoy se vive en México, forzados a interactuar entre las complejas diferencias culturales, sociales y políticas que existen entre ambos países".*

# CHAPTER TWO

## MI SEGUNDA ENTREVISTA

El camino de acceso a la Casa Remolque del "hombre de la pipa" estaba cubierto con gruesas losas de piedra y bordeado por bien cuidadas plantas y flores, de esas del desierto que no se marchitan a pesar del calor.

Era increíble que un hombre con un pasado tan duro y difícil como este viejo que vivía solo, se preocupara por mantener su entrada limpia y agradable.

Antes de llegar a la casa del "hombre de la pipa" para nuestra segunda entrevista, hice una parada rápida en un Café que estaba sobre la avenida Garrett a pocas cuadras de ahí, para comprar dos vasos de café calientitos, uno para mí y otro para el "de la pipa". Cuando llegué yá estaba abriendo la puerta para dejarme entrar a su casa-remolque e iniciar nuestra segunda conversación.

Sentado en su mecedora y con el café en la mano, "el hombre de la pipa" empezó de inmediato:

"A principios del 2016, se estimaba que en México había 1600 ciudadanos norteamericanos víctimas de secuestro. De ellos, 1328 ya habían muerto o no se tenía noticias de ellos".

"En ese mismo periodo, los oficiales del Servicio de Inmigración no se daban abasto para detener a los miles de *"paisanos" que cruzaban la frontera norte de México para buscar trabajo de este lado, ya sea flotando por el rio bravo, sufriendo el calor y el frio del desierto de Arizona, o bien brincando el "muro". Porque Abío, aunque nadie lo mencione, ahí está en varios tramos, un muro hecho y derecho del lado americano de la frontera, que por supuesto acá de este lado, nadie se atreve a compararlo con el Muro de Berlín".*

*"Abío, por favor siéntese bien y agarre fuerte su cafecito, porque ahora voy a empezar a contarle algunas cosas que estoy seguro usted nó conoce":*

*"Justo quince meses antes de las elecciones presidenciales de 2016, en la noche del miércoles ocho de julio de 2015, se llevó a cabo una reunión secreta en una mansión de la costa cercana a New Bedford, en el estado de Massachusetts, en la cual participaron un grupo de personajes de la Derecha, algunos de los cuales estaban incrustados en posiciones importantes del Congreso y la Cámara de Representantes y otros, en los grandes conglomerados económicos de los Estados Unidos".*

*"El objetivo de esta reunión era discutir las acciones que este grupo de alto valor político y económico pensaba llevar adelante. Entre los asistentes también había relevantes figuras muy alineadas con el llamado "Tea Party", que prácticamente ya es un Partido emanado del extremo derechista del partido Republicano."*

*"En aquella reunión se resolvió seguir adelante con un plan que bautizaron como Operación El Álamo la cual contemplaba dos acciones muy drásticas:*

*"Uno: Un plan con cobertura en todos los Estados de la Unión, para detener y expulsar del país en un periodo de 180 días a cuando menos un millón de indocumentados de origen "hispano" en edad laboral, de los más de doce millones de indocumentados de origen hispano o latino que se estima viven en los Estados Unidos. En su gran mayoría, como era de*

*esperarse Abío, esos ilegales serían deportados de inmediato a México".*

*"Para lograr esto, en apoyo a la Agencia Federal de Aduanas y Protección de Fronteras, la Operación El Álamo requería de la participación de al menos cincuenta mil militares del Ejército, Marina y Fuerza Aérea, en adición a las Policías Estatales y de cada Condado".*

*"Dos: Al mismo tiempo, se contemplaba iniciar una acción específica y muy focalizada de las fuerzas armadas de los Estados Unidos en el lado mexicano de las dos mil millas de la frontera común, para sellarla por ambos lados, estableciendo en ese lado mexicano diez y seis Estaciones de Control Migratorio, Repatriación y Vigilancia, que trabajarían integradas con las Estaciones de la Patrulla Fronteriza del lado americano, para por un lado sellar al máximo el cruce de ilegales de México a Estados Unidos y por el otro, deportar a los miles de indocumentados detenidos que estarán llegando de todo los rincones de la Unión para su expulsión a México".*

*"En ambos proyectos, la seguridad sería una prioridad máxima, por lo que las instalaciones deberían construirse blindadas y equipadas con sistemas de defensa, seguridad y protección de alta tecnología, además de una presencia permanente de fuerzas en alerta".*

*"Estaba claro amigo Abío, que en esa reunión el plan de la Operación El Álamo para invadir y ocupar puntualmente áreas concretas y bien definidas de territorio mexicano para instalar esas diez y seis Estaciones de Control Migratorio y Repatriación de indocumentados, se planeaba efectuar con o sin la aprobación del Gobierno Mexicano".*

*"La iniciativa de la Operación El Álamo sería presentada a la brevedad al congreso para su aprobación y en esa reunión se esperaba asegurar anticipadamente el apoyo necesario de la mayoría Republicana de la Cámara de Representantes".*

*"Esa noche los ahí reunidos buscaban acordar una estrategia de acción política muy hábil, para debilitar la posición en contra de la mayoría Demócrata entre los Senadores, a fin de bloquear la posibilidad de una decisión ejecutiva de Veto Presidencial y para atraer el máximo número posible de votantes norteamericanos, que se sentían desplazados por los inmigrantes para acceder a las nuevas fuentes de trabajo que empezaban a abrirse en todo el país".*

*"Abío, como bien se imagina usted, ésta era sin duda una medida muy arriesgada, pero de serias consecuencias en caso de que este grupo del liderazgo político de la extrema derecha de este país lograra sacarla adelante".*

De pronto, apenas iniciando su conversación de hoy, el "hombre de la Pipa" pasaba de darme la explicación de la economía y la macro-política global que me dio el día anterior, para ahora describir hechos y detalles de dos tremendas amenazas específicas de gran impacto para la población "latina" y para las relaciones con México.

Estos eventos eran sin duda "internals" de la política doméstica de este país, que normalmente suceden tras bambalinas y que tal vez muy pocos ciudadanos comunes y corrientes conocemos.

Ante lo que escuchaba, tal como bien me recomendó el "hombre de la pipa", tomé un largo trago de mi café, acomodándome lo mejor posible para continuar la conversación sin perder palabra y estar muy atento a seguir escuchando lo que venía, que prometía ser muy interesante.

El viejo continuó:

*"Para la mayoría de los participantes en la reunión de esa noche, la idea era muy buena, ya que para ellos la economía americana, que hasta antes del fracaso en Irak siempre había funcionado mejor como maquinaria bélica, nuevamente podría volver a levantarse y no podían aceptar que los nuevos trabajos*

*que se estaban generando fueran aprovechados gracias a la iniciativa de Amnistía-2015 del Presidente, por extranjeros ahora legalizados, pero con entrada ilegal original al país o por indocumentados ilegales y no por los auténticos y originales americanos".*

*"Un argumento importante que discutieron esa noche, fue el hecho de que faltaba solo un mes para que su partido Republicano iniciara el ocho de agosto, su proceso interno de nominación de candidatos presidenciales para las elecciones Presidenciales del siguiente año 2016, con la primera Encuesta Estatal Presidencial a celebrarse en el estado de Iowa.*

*La población latina en ese momento en los Estados Unidos ya rebasaba el 15% del total, por lo que concluyeron que debían actuar rápido y con sorpresa, a fin de que ese segmento de la población, que políticamente estaba todavía muy mal organizado y disperso en cuanto a sus preferencias y liderazgo, no tuviera tiempo de reaccionar y con ello, arriesgar el éxito de la Operación El Álamo".*

*"Ellos, los Republicanos yá tenían tres personajes importantes de origen hispano posicionados en niveles de influencia: Susana Martínez, Gobernadora de Nuevo México, Ted Cruz, Senador de Texas y el también Senador Marco Rubio, de la Florida. Eso les daba fuerza, confianza adicional e imagen de consistencia ante el electorado, ya que los Demócratas no tenían hispanos posicionados políticamente en ese número y sobre todo en ese nivel".*

*"Con ello, el Partido Republicano demostraría con contundencia que sí quieren y apoyan a los latinos, pero nó aceptan que ilegales de cualquier origen, acaparen los trabajos y desplacen a los verdaderos norteamericanos".*

*"En aquella reunión, los asistentes también comentaron con objetividad el hecho de que una nueva aventura que contara con algún tipo de apoyo militar, como se planeaba que fuera esta, aun cuando muy específica y restringida, recibiría apoyo*

limitado de la población americana, puesto que una buena parte de la gente yá estaba harta de guerras fracasadas y de ver a sus hijos morir asesinados, peleando por causas que nadie entendía, así que el manejo de la imagen, los mensajes y la cobertura mediática y en la red, tendrían que ser muy intensos y efectivos para generar apoyo popular para esta operación diplomática y de fuerza para sellar las frontera con México y repatriar a más de un millón de indocumentados, cifra muy por arriba del promedio previo de trescientos mil repatriados anuales de los años anteriores al 2015.

El viejo tomó una pausa y saboreando el café que le traje, y mirándome fijamente con sus expresivos y luminosos ojos me dijo:

"Este café es una mierda, tendríamos que estar tomado café del Soconusco, de allá de Chiapas, de ese que se da en las fincas de las familias descendientes de los alemanes que llegaron hace muchos años. Ese sí que es café del bueno, no como este caldito, pero ni modo, a todo hay que acostumbrarse, hasta a lo malo, ¿no cree usted Abío?"

Sin esperar mi respuesta, el "hombre de la pipa" aventó el vaso yá vacío a un bote de basura que tenía junto a la mesa y continuó su narración.

"Usted conoce a Ramón Benigno Macías y seguramente sabe que nació en Homestead, Florida. Es hijo de una familia mexicana de jornaleros que se dedicaban a cosechar hortalizas y naranja en los campos de cultivo de aquella región del sur de la península. Al contrario de la imagen del estereotipo común que se tiene en este país del trabajador agrícola mexicano, Ramón Benigno es de piel blanca, ojos claros y mide poco más de seis pies, o sea que para ser mexicano, pues esta grandote".

"Su familia proviene de la región geográfica de las tierras altas de Jalisco conocida como los "Altos", que es donde por cierto está la población de Tequila, cuna de la bebida de mismo nombre". Y son los "Altos" no porque este crecidos, sino porque *ahí empiezan las tierras altas que se levantan al norte del llamado "Bajío" que está en el centro del país.*

De inmediato vino a mi mente mucha información que sabía de Ramón Benigno Macías, y de cómo desarrolló su brillante carrera política en los Estados Unidos.

*"En los Altos de Jalisco, se asentaron colonos españoles durante la conquista de México, quienes casi no se mezclaron con la población indígena, como sí sucedió en muchas otras partes del país, por la sencilla razón de que los habitantes originales de esas tierras eran los bravos e indomables indios Cascanes de raza Chichimeca, los cuales fueron prácticamente diezmados por la viruela y por los conquistadores, con el resultado de que los españoles y sus descendientes, siguieran casándose entre ellos sin la posibilidad de mezclarse con la población indígena, como sí sucedió en el centro y sur del país".*

*"Por eso, a los rancheros de los Altos de Jalisco les dicen "güeros de rancho", porque son rubios o castaños, de piel clara y muchos tienen ojos "zarcos" o de color de "agua puerca", o sea de color claro con mezcla de diferentes tonos".*

*"Sin duda que esas características físicas, de alguna forma han ayudado a Ramón Benigno a navegar con menos dificultades dentro de la sociedad norteamericana, aun cuando el siempre resalta su origen y tradiciones familiares".*

*"A diferencia de sus hermanos, "Benny" como lo apodaron casi desde el primer día que asistió a la escuela metodista del pueblo, fue siempre muy estudioso y decidido a graduarse en la Universidad".*

El "hombre de la pipa" se levantó de su asiento y de un cajón de la mesa cercana sacó una vieja pipa que tomó para regresar a sentarse sin siquiera encenderla.

*"No puedo olvidarme de mi mejor amiga, aun cuando ya no fumo desde mi primer infarto, cuando mi doctorcito me prohibió*

*que lo hiciera, pero la maña de tenerla conmigo no me la puedo quitar. Continuemos Abío:"*

*"Años más tarde, el joven senador Benny Macías de la Florida junto con Julián Castro, Alcalde de San Antonio, eran tal vez los políticos latinos del Partido Demócrata con mejor imagen entre la población de los Estados Unidos."*

*"El senador Philip Farland, que fue su profesor en la Escuela de Derecho de la Universidad de Harvard, declaró en una entrevista de la NBC, que quedó muy impresionado desde el día que aquel chico espigado de jeans gastados se presentó al registrarse para iniciar la carrera de Leyes en esa Universidad. Benny Macías fue uno de los ganadores de las tres becas que cada año otorga la fundación Rockefeller a estudiantes de familias de inmigrantes necesitadas, para estudiar en Harvard".*

*"Philip Farland tiempo atrás, también había llegado a esa misma Universidad con una beca Rockefeller bajo el brazo. Sus padres fueron trabajadores que después de la segunda guerra mundial migraron de Irlanda a Boston y nunca hubieran podido pagar a sus hijos una educación Universitaria".*

*"Farland resultó ser un estupendo abogado. Trabajó duro varios años junto con su socio Robert Platt en una floreciente sociedad profesional muy exitosa en el cabildeo ante el Congreso, representando a grandes empresas, principalmente en su caso, a las grandes compañías de la industria de Entretenimiento y Comunicaciones y a las de la industria de Bienes Raíces."*

*"Farland y Platt se conocieron como compañeros de armas en la primera guerra del Golfo y desde entonces decidieron que de regreso a casa, formarían el despacho Farland & Platt Abogados".*

*"Después, Philip Farland conoció y se casó con Mary Jane Lindscott, prima de Platt e hija de un próspero industrial y político de Cambridge, que fue activo colaborador del Senador*

*Edward Kennedy en las actividades y campañas del partido Demócrata en Massachusetts. Philip y Mary Jane tenían una bonita relación matrimonial, solo empañada por el hecho de que nunca pudieron tener hijos".*

*"Philip conoció y fue maestro de Ramón Benigno Macías al iniciar sus estudios en Harvard y después fue su mentor universitario, para más adelante darle trabajo y convertirse en su jefe".*

*"Creo que Philip de alguna forma vió en Benny al hijo que no tuvo, pero que le hubiera gustado tener" y al mismo tiempo, Ramón Benigno encontró en Philip Farland el amigo que lo ayudó y guió con su ejemplo y experiencia, a forjar primero una rápida pero exitosa carrera profesional seguida por una carrera política, militando también en el Partido Demócrata, para llegar a ser Senador del Congreso".*

En este punto, después de estar escuchando al "hombre de la pipa" por un buen rato, comenté lo siguiente, mientras él hacia una pausa para llevarse la pipa a la boca y simular que le daba una buena bocanada:

*"Efectivamente todos sabíamos que el Partido Demócrata ocupaba la Casa Blanca y en el año 2015, el partido Republicano mantenía la mayoría en el Senado y Philip Farland se perfilaba como uno de los políticos más viables para ser nominado por el Partido Demócrata para las próximas elecciones presidenciales".*

*"Farland era un miembro distinguido de un grupo político dentro del partido demócrata, conocido como el CPC, que en inglés es "Congressional Progressive Caucus", quienes tienen una tendencia de centro más liberal que otros grupos del mismo partido y también era Presidente del Comité Electoral de su Partido"..*

*Por cierto Abío, entre muchos políticos importantes, los Kennedy fueron miembros del CPC".*

*"El Senador Farland junto con John Peterson, su jefe de campaña y con los Senadores de Florida, de Illinois y Washington y de cuatro estados más, estaban trabajando juntos para llegar a la convención del Partido Demócrata previa a las elecciones del año 2016, con Philip como su precandidato a la Presidencia y con Jim McDermott para la Vicepresidencia, tratando de dejar en el camino a Hilary Clinton y al poderoso senador Bryant del estado de California".*

*"Se consideraba que el compañero de fórmula como candidato más viable a la Vicepresidencia, para acompañar a Philip Farland en las elecciones del 2016 seria Jim McDermott, del estado de Washington, aun cuando también se manejaban los nombres de Nancy Pelosi y de Steve Hoyer, distinguidos líderes en la Cámara de Representantes de ese Partido".*

*"Cuando Philip se postuló y ganó la elección como senador por su estado, Benny Macías fue quien ocupó su puesto en el despacho de abogacía. En pocos meses, la empresa cambió de nombre para llamarse Farland, Platt & Macías, Abogados".*

*"A pesar de tener una trayectoria universitaria y profesional en Nueva Inglaterra, Benny nunca olvidó a su gente, manteniendo contacto constante con su muy numerosa familia, tanto en Homestead como en México, donde aún tiene muchos parientes que se quedaron allá, cuando en los años setenta, sus padres cruzaron el río Bravo como inmigrantes indocumentados, recorriendo Texas y Alabama de plantación en plantación, para asentarse finalmente en la punta sur de la Florida".*

*"Decía su padre Nicanor Macías, que no habían podido seguir migrando más hacia el sur, porque no sabían nadar y estaba seguro que con dos hijos gringos, Fidel Castro no los iba a tratar muy bien."*

*"Fueron tres hijos y una hija, de los cuales solo los dos menores, José Benigno y Estela Guadalupe nacieron en Estados Unidos. Los dos mayores habían nacido en México*

*y muy niños, acompañaron a sus padres como tantos niños y niñas todavía lo hacen, en aquel peregrinar para cruzar la frontera de "espaldas mojadas" y ya adentrados en territorio estadounidense, moverse a lo largo de cada año que pasaba, de cosecha en cosecha y de campo de cultivo en campo de cultivo, hasta llegar a Homestead, en donde se asentaron".*

*"El más grande, también llamado Nicanor, había muerto peleando como soldado americano en la invasión de Irak, dejando una huella de dolor que nunca olvidaran en esa familia".*

# CAPITULO TRES

## LA LLAMADA A "LOS PINOS"

Washington DC:

Apenas se abrió la reja de la Casa Blanca, la limosina negra arrancó a buen paso por la Avenida Pennsylvania. Philip Farland, Senador de los Estados Unidos, miembro de los comités de las Fuerzas Armadas y de Relaciones Exteriores y "Chairman" del Comité Electoral de su Partido, iba hundido en el mullido asiento trasero del auto, sopesando el siguiente paso que habría de tomar esa misma noche, mientras avanzaba por las solitarias calles de la capital de la Nación, todavía húmedas por un aguacero veraniego caído a la media noche.

El senador Philip Farland salía de una reunión muy importante que los líderes de su Partido habían sostenido por varias horas en la Casa Blanca, para decidir la estrategia a seguir para ganar las próximas elecciones presidenciales, en la cual habían tomado algunas decisiones importantes y difíciles.

Tomó el teléfono para avisarle a su esposa que todavía tardaría un tiempo para llegar a su casa. Instantes después pidió a su chofer tomar rumbo para dirigirse fuera de la ciudad en dirección al norte. Aquel largo jueves 30 de Julio aún no terminaba y el Senador Farland con gusto hubiera deseado no haberse levantado de la cama ese día, estando seguro que los siguientes prometían ser igual de complicados e intensos como este.

Ciudad de México:

La madrugada del día siguiente El Presidente de México tardó algunos instantes en despertar cuando el teléfono junto a su cama empezó a sonar.

Se había dormido tan solo cuatro horas antes y ahora en plena madrugada se estaba despertando para contestar una llamada en su habitación, situada en la Residencia Presidencial de Los Pinos, en la Ciudad de México.

*"¿Quién habla?* gritó el Presidente.

*"Señor Presidente, le habla el licenciado Benítez. Disculpe usted por favor que lo moleste a estas horas de la madrugada, pero nos está llamando desde Estados Unidos el Senador americano Benny Macías, que insiste en hablar con usted personalmente.*

*Señor, le informo que ya intenté disuadirlo y convencerlo de que nosotros le hablaríamos a primera hora de la mañana, pero el Senador me dice que lo que quiere tratar con usted es muy importante y urgente."*

Marco Antonio Benítez era el secretario particular del Presidente y nó le hubiera llamado a su jefe a las cinco de la madrugada si el asunto no fuera verdaderamente serio. Benítez conocía y era amigo personal del Presidente desde que fue su colaborador cuando era Gobernador de su Estado, antes de asumir la presidencia del país en 2012.

Se habían conocido muchos años antes como compañeros en la universidad.

Marco Antonio Benítez era la persona más leal y de más confianza del Presidente, pero se cuidaba mucho de no romper las reglas formales e informales del respeto y protocolo, que imponían la relación jefe-empleado, sobretodo en este caso, en que se trataba del Presidente de la República.

El Presidente reflexionó unos segundos para aclarar la mente, pidió al licenciado Benítez que pasara la llamada al despacho privado y que él también se acercara para estar presente en su conversación con el senador Macías.

Entró al baño, se echó agua fría en la cara para acabar de despertar y viéndose al espejo, se preguntó en silencio que carajos podía querer a esas horas el Senador americano Macías, del que tenía referencias pero nó conocía personalmente.

*"¿Será porque quieren que busquemos a algún gringo secuestrado o que les paguemos lo que reclaman de sus negocios y fabricas que han cerrado por la crisis o por los pagos de piso que les exigen los Zetas?"*

Pensaba mientras cuidadosamente se peinaba el cabello frente al espejo.

*"Qué se yo, si nó es lo duro sino lo tupido"* se dijo a sí mismo sin que nadie lo escuchara.

Ya hacía más de un año que la Primera Dama decidió que durmieran en habitaciones separadas, aprovechando que el área privada de Los Pinos es muy amplia y cuenta con dos estupendas suites interconectadas. Esto les da libertad a ambos para manejar sus intensos y complicados horarios y compromisos, además de que así, cada uno tiene en forma independiente, su propio baño con SPA y un amplio vestidor para su inmenso guardarropa de prendas.

Cuando el Presidente entró en la oficina unos minutos más tarde, yá estaba ahí Benítez con el teléfono de la red privada en la mano.

El Presidente se sentó detrás del amplio escritorio y tomó el auricular.

*"Hola señor Presidente. Le habla el Senador Ramón Benigno Macías y créame que solo porque esto es un asunto muy serio y urgente lo estoy molestando a estas horas"*

*"Pues espero que así sea, Senador" respondió con seriedad el Presidente de México.*

*"Mire usted, señor Presidente. Voy a ir directo al grano".*

*"Le llamo para pedirle como un favor muy especial que mañana sábado primero de agosto, a la hora más temprana que usted pueda, reciba por favor en su oficina al señor Manuel de la Concha, quien es una persona de mi absoluta confianza y lleva para usted un mensaje mío de gran importancia".*

*"Manuel de la Concha estará viajando esta noche a México en un vuelo privado para aterrizar a las siete y media de la mañana, junto con dos personas más de apoyo. Del aeropuerto irán directamente a Los Pinos para verlo, claro, si usted está de acuerdo en recibirlos".*

*"Le pido me tenga confianza en este momento. Por teléfono no le puedo comentar nada y es por eso, que estoy enviando a Manuel de la Concha a verlo".*

*"El necesita tener una conversación personal y privada a solas con usted".*

*"Le solicito también que nos conceda el favor muy especial de mantener por ahora con mucha discreción esta llamada y la visita que le hará Manuel de la Concha. Escuche primero a Manuel de la Concha por favor y luego tome usted la decisión que más convenga, pero le agradeceremos muchísimo poder contar con su apoyo por solo una pocas horas más".*

*"Ah, por ultimo también le agradeceré que hasta no hablar con el señor De la Concha, ayudarnos no informando por ahora sobre esto a nuestra embajada.*

*De la Concha vá a México en un viaje no oficial de carácter absolutamente privado y de su seguridad en México nos encargaremos nosotros".*

El Presidente accedió a la solicitud del Senador, colgó el teléfono de la red, dió instrucciones a Benítez y lo mandó de regreso a dormir. Él siguió sentado ahí en el despacho, bajo un enorme retrato al óleo de Don Venustiano Carranza, hasta que una hora después las primeras luces del amanecer se colaron entre las cortinas de las ventanas y empezaron a oírse los pasos acompasados de los Guardias Presidenciales, haciendo el cambio del turno de la mañana en las puertas de la Casa Presidencial de Los Pinos.

Ya habían pasado muchos años desde que el ahora Presidente terminó sus estudios universitarios y llegó a trabajar al gobierno de su Estado colaborando con el Gobernador Leonardo Galván.

Su habilidad para hacer amigos, su carismática personalidad, su consistencia, inteligencia e intuición política y sobre todo su lealtad absoluta a los líderes, lo llevó a escalar paulatinamente los peldaños de la organización, ocupando puestos de Subsecretario de Gobierno, Secretario de Finanzas y Gobernador de su Estado, lo que le permitió, con el definitivo apoyo del expresidente Fernando González llegar a ser Presidente de México.

En mi opinión, este Presidente tuvo en Fernando González una figura inspiradora que le ayudó a definir sus ideas y el cómo llevarlas a cabo exitosamente para lograr sus objetivos personales y los del discreto grupo político al que pertenece, cuya existencia nunca ha sido reconocida públicamente por sus miembros.

El expresidente Fernando González, su padrino político y coach personal, lo ha apoyado con su liderazgo, experiencia, recursos políticos y financieros para revivir en una versión actualizada el antiguo modelo de gobierno y política tradicional del viejo PRI.

La historia del desarrollo político de México es larga, e inicia al término de la Revolución Mexicana de 1910, la cual dejó al país fracturado en manos de diferentes facciones de carácter militar y político, que se enfrascaron por años en continuas batallas internas y con otros grupos, para crecer o mantener su poder territorial, político y económico.

Prácticamente fue hasta 1934 en que inició el mandato presidencial del General Lázaro Cárdenas que México empezó a ser un solo país unificado y estable, desde el punto de vista político, económico y social, finalizando así el largo periodo de ajustes post-revolucionarios.

Cárdenas, que hábilmente se alineó con las entonces nacientes ideas del comunismo socialista, tomó decisiones de desarrollo económico trascendentales y de alto impacto social, como fueron la nacionalización de la industria petrolera y la educación básica gratuita.

Otra aportación importante de Cárdenas al desarrollo de la cultura y la educación en México fue su decisión de abrir las puertas a los refugiados políticos antifranquistas, españoles que por ser de izquierda y haber perdido ante el General Franco la Guerra Civil en su país, en una buena cantidad llegaron desterrados a México en donde fueron recibidos con los brazos abiertos.

Una pequeña proporción de ellos se dedicaron al comercio, siendo muy exitosos en los ramos de Abarrotes y Panadería.

Sin embargo la gran mayoría eran intelectuales y artistas de ideas liberales que se integraron a las Universidades y Centros culturales en todo Mexico, aportando conocimientos, experiencias, cultura y valores que no eran comunes en el México postrevolucionario.

Al término de su gobierno, Cárdenas lanzo la candidatura oficial del también General Manuel Ávila Camacho.

Ávila Camacho desarrolló en sus seis años de gobierno una estrategia muy visionaria para asegurar el desarrollo y crecimiento democrático de México en las siguientes décadas.

Fueron dos los valores más trascendentes la estrategia del General Ávila Camacho:

1º. Aprovechó la consolidación militar y política que realizó su predecesor el General Cárdenas, para pacificar todo el país y establecer un sistema político sólido, basado en la creación y operación efectiva de un partido político civil mayoritario, es decir casi único, independiente en apariencia, pero manejado, financiado y apoyado totalmente por el liderazgo y recursos del gobierno.

A ese partido político oficial, creado por el General Cárdenas y ahora denominado Partido Revolucionario Institucional (PRI), el Presidente Ávila Camacho lo fue moviendo de la posición izquierdista inicial de Cárdenas, a una posición central, en la que atrajo con flexibilidad ideas y votantes de todo tipo, asegurando además el apoyo mayoritario y las buenas relaciones y colaboración con Estados Unidos, como aliados durante la segunda Guerra Mundial.

También permitió y apoyó la creación de otros partidos políticos, algunos de oposición y otros muy alineados con el PRI, como fue en su momento el PARM. Algunos de esos partidos también se han transformado pero subsisten, manteniendo una imagen al exterior, de pluralidad democrática en el país.

2º. Ávila Camacho impulsó fuertemente el renacimiento o creación de una identidad única mexicana entre todos los pobladores del país, algo así como un "Brand" como se le llama ahora a estas cosas, que hasta hacía pocos años vivían una diversidad cultural y de valores sin hegemonía, en alineamiento con la lucha revolucionaria interna militar y política llevada a cabo por diversas facciones distribuidas en diferentes regiones del país, para recuperar el control político después de la caída de la dictadura Porfirista.

Esta lucha estaba muy alineada con los perfiles de poder tradicionales de las diversas culturas que se desarrollaron en México antes, durante y después de la Colonia Española, para continuar interactuando en un juego político y de fuerza entre facciones y liderazgos después de la guerra de Independencia.

La cultura en México con Ávila Camacho, retomó fuerza y visibilidad. Grandes artistas e intelectuales en todos los espacios del arte y el saber, fueron apoyados y promovidos por instituciones creadas y financiadas por el gobierno para ello.

Pintores como Diego Rivera, Siqueiros y Frida Kahlo, músicos como Silvestre Revueltas y escritores como Salvador Novo entre muchos, encontraron apoyo, difusión, reconocimiento y promoción nacional e internacional gracias a este movimiento, el cual fue la clave para el éxito mundial del naciente cine mexicano, que en esa su época de oro, fue cuna de grandes actores y actrices como Jorge Negrete, María Félix, Joaquín Pardavé y Cantinflas entre muchos más.

El resultado final de esta estrategia de fomento cultural, fue el desarrollo de una verdadera identidad nacional mexicana sostenida por valores muy relevantes, que hoy permiten que todos los mexicanos en cualquier lugar del país o del extranjero, se identifiquen con esos valores, con las imágenes asociadas a ellos y estén orgullosos de ser mexicanos y que los íconos de la cultura y valores mexicanos sean universalmente admirados y reconocidos.

Y aunque el objetivo de esta imagen y valores integrados de la mexicanidad se logró en todo el país, curiosamente y por diversas razones, en los Estados Unidos los elementos que para cualquier norteamericano definen a México son muy específicos y no totalmente mexicanos, al menos al sur del Rio Bravo o Rio Grande, como se llama de este lado.

México para los norteamericanos se visualiza primeramente por el traje de Charro, incluido esa imagen de un charro con su sombrero, sentado con las rodillas levantadas y durmiendo con la cabeza agachada.

El Cinco de Mayo también es una fecha que acá se asocia clara y festivamente con lo mexicano, que por cierto no es la principal fecha de conmemoración histórica de la Independencia de México, ya que el 5 de Mayo conmemora la victoria del Ejército Mexicano sobre las tropas invasoras de Napoleón III, acabando con el gobierno del Emperador Maximiliano y frenando de tajo la posibilidad de que Francia recuperara tierras que estuvieron bajo su dominio, incluyendo entre otras el Estado de Luisiana.

Por eso para los primeros Norteamericanos conmemorar la fecha de la victoria Mexicana sobre los Franceses en la batalla de Puebla, se convirtió en una tradición que aun hoy se festeja en la Casa Blanca.

También los "burritos" ejemplifican el sabor de México, y aunque llevan contenidos de sabor mexicano, fueron inventados en los Estados Unidos, al igual que los "nachos" y por último, está "La Bamba", que originalmente fue un Son Jarocho de Veracruz, pero que en los Estados Unidos solo se conoce en su versión Rock and Roll de los años 60 de Richie Valens.

En esta forma, el branding de México en Estados Unidos, en buena medida está fuertemente "americanizado", gracias en parte a la influencia e inventiva local de nosotros los méxico-americanos.

El Lic. Miguel Alemán fue el sucesor del General Ávila Camacho en 1946, iniciando así los gobiernos civiles y el "reinado" del partido político oficial (PRI).

Alemán continuó con la estrategia anterior de Cárdenas y Ávila Camacho llevándola a un nivel mayor de madurez y sofisticación, ya que impuso un modelo nuevo de poder político y económico para aprovechar al máximo la oportunidad de desarrollo que trajo el final de la segunda Guerra Mundial.

Este sistema fue simple y efectivo: La camarilla selecta del poder al más alto nivel del Gobierno realizan sus funciones generando o apoyando el desarrollo de grandes proyectos con fuerte inversión pública apoyados por un conjunto casi monolítico de sindicatos de obreros y empleados en todos los ramos de los sectores público y privado del país, organizados para estar al servicio y voluntad absoluta de sus líderes y estos, del gobierno.

Condición importante es que todos esos proyectos y funciones de desarrollo, operaciones y servicios del Gobierno fueran efectivamente necesarios y prioritarios para fomentar y sostener el crecimiento económico del país.

La clave está en que la ejecución operativa, se lleva a cabo únicamente por empresas y sindicatos específicos que cumplen con los requerimientos formales del gobierno e informales de la camarilla en el poder, para recibir la asignación legal por parte del gobierno y que en la medida que haya lealtad y alineamiento, todos los involucrados, tanto del gobierno, como de las empresas, de los sindicatos y de los trabajadores, tienen acceso a los beneficios del sistema.

En las Obras Publicas, las empresas participantes deberán cumplir con todas las especificaciones, niveles de servicio y costos establecidos para cada proyecto. Su beneficio es que ellos y no su competencia, reciben la asignación de los contratos, pero de alguna forma tienen que pagar por ello un "precio" no divulgado.

El efecto de esta estrategia fue que el país creció, hubo mucha inversión, había trabajos y la cerrada camarilla política en el poder al más alto nivel se hizo millonaria, al igual que los empresarios y líderes que supieron o pudieron posicionarse oportunamente.

La corrupción a nivel del pueblo, es decir la de policías de tránsito, inspectores de obra, etc. se mantuvo a niveles de transacciones de bajo valor, con ciertos controles para que no creciera y las reglas para controlar el crimen fueron aplicadas con todo rigor, manteniendo un nivel de criminalidad relativamente bajo y sencillo y una percepción de seguridad y progreso en la mayor parte de la población, además de que el costo de vida no era tan alto, los salarios eran competitivos, la inflación baja y la paridad peso/dólar totalmente controlada y fija.

Este modelo de administración política con muchas obras y servicios públicos y con un gobierno muy vertical de mano dura, continuó durante los seis años siguientes al sexenio de Miguel Alemán con su sucesor, el Presidente Adolfo Ruiz Cortines, hombre serio, de pocas palabras que se rodeó de funcionarios muy alineados con ese modelo de gestión.

Entre ellos se puede mencionar como ejemplo Ernesto P. Uruchurtu quien a cargo del gobierno de la Ciudad de México, con firmeza frenó el crimen no autorizado, embelleció la ciudad llenándola de jardines, flores y fuentes, a la vez que iniciaba la construcción de grandes y modernas obras en la ciudad.

Esto funcionó bien por un tiempo, hasta que por estar desequilibrado y no permitir una verdadera democracia, el sistema llegó a su límite al final de los años 60s, cuando en muchos países, incluyendo México, se generaron violentas protestas de jóvenes exigiendo cambios en los diferentes sistemas políticos.

Por casi 50 años, el PRI se mantuvo mediante una degradación cada vez más seria del modelo y valores originales, no pudiendo evolucionar con efectividad al ritmo de los cambios de México y del mundo.

Todo se fue saliendo de control y los esfuerzos por no perder el poder y el acceso a los beneficios formales e informales del mismo, generaron una expansión muy amplia de la corrupción que rápidamente creció en todos los niveles de gobierno, con aumento de los índices de crímenes tradicionales y con el crecimiento y expansión geográfica del crimen organizado, incluyendo sangrientas guerras internas de poder y control de territorios, además de generar altos índices de inflación y dolorosas devaluaciones del peso mexicano.

El desbalance entre los ingresos y los exagerados gastos genero varias crisis económicas muy graves, con fuertes y sorpresivas devaluaciones que dejaron en la pobreza a cientos de miles de mexicanos, tanto trabajadores como empresarios y con decisiones desesperadas y totalmente equivocadas, como lo fue la Nacionalización de la Banca.

Estas acciones de altísima ineficiencia, generaron fracaso en la gestión y desaforada corrupción, que los gobiernos en turno del PRI intentaron manejar presentándolas como estrategias para el beneficio social para los más desfavorecidos, cada vez con menos éxito y credibilidad

En el 2000, la gente ya cansada, votó mayoritariamente por el partido de derecha, PAN, el cual con Vicente Fox como Presidente tuvo la oportunidad histórica de cambiar a México, ya que en su mandato contaba con la mayoría de Diputados y de Senadores en el Congreso, lo que le hubiera permitido transformar al país, sin embargo inexplicablemente no hizo nada de eso, dejando a su sucesor, el también Panista Calderón, un país decepcionado y sometido a una sola prioridad de sobrevivencia, que fue la desgastante guerra abierta entre el crimen organizado y las fuerzas del orden.

En 12 años los gobiernos del PAN nó lograron controlar la situación ni cambiar las cosas, habiendo empeorado dramáticamente la criminalidad relacionada con el negocio perfecto de las grandes bandas del narcotráfico y crimen organizado, que se pueden agrupar en tres grandes áreas iniciales "de negocio" y una cuarta, que al inicio fue complementaria y actualmente es por sí sola, otra línea de operaciones tan importante y reditable para los criminales, como lo son las tres primeras:

A - Introducir toneladas de drogas de Sudamérica y México a los Estados Unidos y como negocio complementario, introducir a los Estados Unidos y/o extorsionar y hasta matar migrantes, mexicanos y de otros países de Latinoamérica.

Es muy curioso el hecho de que la imagen del Narcotráfico está como dije antes, asociada a México y a sus Carteles, como lo fue en los años cuarenta, la imagen de los Gangsters de la Mafia en los Estados Unidos.

Hoy, efectivamente el negocio de mayoreo de las drogas está controlado principalmente por los "Señores" del Narco Mexicano y Colombiano, sin embargo, el gigantesco y multimillonario negocio de la distribución local y venta al consumidor en los Estados Unidos, que es el mayor mercado mundial para las drogas, es manejado por norteamericanos, algunos de los cuales son efectivamente Hispanos de origen y pertenecen a pandillas o Maras, pero una gran mayoría de los que manejan ese "retail" son americanos, de los que no se sabe poco en conjunto o como organización, ya que solo se llegan a publicar acciones individuales o puntuales por algún crimen o por detenciones a manos de la policía, pero poco se conoce en los medios, cuales son las grandes mafias o agrupaciones criminales de la venta multi-millonaria al menudeo de la droga en los Estados Unidos.

B - Dejar en Estados Unidos los millonarios ingresos de la venta de drogas para ser lavados por bancos norteamericanos y de otros países con un manejo financiero profesional, al enviarlos a través de ellos, a cuentas de Bancos en diferentes países no regulados por acuerdos internacionales.

C - Aprovechando la infraestructura, recursos y corrupción utilizados para llevar las drogas al norte, a su regreso traer a

México miles de armas de alto poder para su uso propio y para venta y distribución a todo tipo de criminales, narcotraficantes, secuestradores, extorsionadores, asaltantes, asesinos, terroristas, etc.

En su mayoría estas armas prácticamente tienen libre venta en los Estados Unidos y su comercio hacia México genera millonarias ganancias a sus fabricantes, quienes claramente fondean el "lobbing" en el congreso americano para impedir mayor control y regulación de su venta.

D – La cuarta línea de negocio del Crimen en México es la relacionada principalmente con las extorsiones que se llevan a cabo principalmente mediante dos modalidades:

El secuestro de numerosas personas a todos los niveles sociales y económicos, para obtener pagos de dinero muy importantes por parte de sus familiares para recuperarlos con vida y completos, lo cual no siempre se logra.

En 2014 el promedio de secuestros en el país era de un secuestro cada tres horas, de los cuales 71% eran hombres y 29% mujeres.

La otra modalidad de extorsión es el "pago por derecho de piso", el cual se lleva a cabo en todas las ciudades y poblados, contra todo tipo de negocios, desde los pequeños puestos de tacos hasta grandes comercios o empresas.

La extorsión se basa en amenazas a los negocios chicos o grandes y para que estas no se cumplan, los empresarios se ven forzados a entregar pagos repetitivos de cantidades de dinero importantes para seguir funcionando y así evitar ser secuestrados, o que su negocio sea incendiado o balaceado, con alto riesgo para el personal y clientes que estén ahí en ese momento y por supuesto para los empresarios y sus familiares.

En las elecciones del año 2011 una mayoría de mexicanos regresaron a votar otra vez por el PRI y por el PRD, ganándole el PRI a la izquierda del PRD con unos resultados muy apretados.

La esperanza generalizada era el que nuevamente había que votar para intentar cambiar al gobierno, ya que el PAN no había podido resolver el desafío.

En el 2011 muchos votantes pensaron que tal vez si regresara el viejo PRI al poder, las cosas mejorarían, recordando algunos los viejos tiempos del PRI en que la corrupción solo se daba a muy alto nivel y el crimen en general estaba controlado con mano dura, generando al mismo tiempo crecimiento económico.

Otros votaron por el partido de la Izquierda, el PRD, esperanzados en las promesas populistas de sabor "chavista" que a diario prometía el "Peje", candidato socialista a la Presidencia, que quedo abajo en los resultados de la elección por un margen pequeño.

En pocas palabras, al ganar el PRI, la conciencia general de la mayoría era positiva, pensando que sería mejor que unos pocos de arriba se beneficiaran, siempre y cuando los millones de abajo tuvieran seguridad y acceso a la educación, trabajo y salud.

El Presidente electo al llegar a la presidencia en el 2012 encabezando el regreso del PRI al poder, con el apoyo de su amigo a quien nombró como Secretario de Gobernación y quien es su hombre de más confianza y capacidad política, planteó y logro llevar a cabo su propia plataforma ideológica de colaboración centro-izquierda-derecha llamada "El Pacto", con la que pudo debilitar a la Izquierda radical mexicana liderada por "el Peje", convivir con la Derecha y recibir su apoyo para lograr en los primeros dos años, la aprobación mayoritaria de un Congreso dividido, en el que su propio Partido no tenía mayoría absoluta y requería de alianzas.

En esa forma el nuevo Presidente y su equipo manejaron hábilmente la aprobación mayoritaria de un grupo importante de leyes que entre otras cosas abrieron la puerta a la inversión extranjera para participar en la explotación y producción de los recursos petroleros y en las telecomunicaciones, todo ello apoyado agresivamente por intensas campañas masivas de publicidad y promoción en todos los medios de comunicación del país.

También con su partido, el PRI, logró la aprobación de una reforma política en el Congreso, que externamente dió la imagen de que se daba un impulso a la apertura política democrática en México, al autorizarse la creación de nuevos Partidos Políticos a nivel nacional.

Es decir, que bajo la apariencia de que se fomentaba el liberalismo democrático, dándole oportunidad al pueblo de proponer otras opciones y candidatos para los puestos de elección, lo que verdaderamente lograba esa aparente reforma, era que los candidatos y votos de esos nuevos Partidos salieran de la oposición y no del Partido oficial PRI y de su hijo adoptivo el Partido Verde.

El comportamiento esperado por el PRI con esta apertura, fue que los nuevos Partidos se integrasen con gente inconforme de los Partidos de oposición de la Derecha y sobre todo los de la Izquierda, debilitándolos y pulverizándolos aún más. En esta forma el Presidente y el PRI consolidaron inteligentemente su mayoría permitiéndoles seguir manejando sus estrategias con menos problema de oposición en el Congreso.

La razón por la que los nuevos Partidos de oposición se formarían con inconformes de los partidos de oposición y no con inconformes de PRI, es simplemente porque los políticos que hoy militan en el PRI reciben su rebanada del pastel y no les conviene renunciar a esos beneficios emanados del poder, a no ser que vayan a formar un nuevo Partido, que no sea de oposición, sino socio del PRI.

En ese escenario pareciera que el nuevo Presidente había logrado consolidarse antes de su tercer año de gobierno, sin embargo los sucesos que pronto vendrían le impedirían al menos por unos pocos días, tener tiempo para saborear su triunfo.

Tenía el Poder, su estilo era mantenerse al máximo nivel estratégico y mediático posible y dejar que su equipo de confianza, encabezado por los Secretarios de Gobernación, de Hacienda y de la Defensa, se encargaran de la operación, pero todo se complicaba para que funcionara a nivel del ciudadano común y corriente, yá que a pesar de los discursos, las reformas y el mercadeo masivo por televisión en todo el país, una mayoría importante de mexicanos seguían sufriendo pobreza, inflación y sobre todo, inseguridad, crimen y corrupción a todos niveles y en todos los lugares.

¡Había llegado hasta arriba, ya era el Presidente y quería dejar huella!

# CHAPTER FOUR

## LA OPERACIÓN "EL ALAMO"

Las cúpulas de los Partidos Republicano y Demócrata en los Estados Unidos, están compuestas de una intrincada red de personajes, con relaciones muy complejas construidas a través de muchos años, mismos que con sus contactos, capacidad política, recursos e influencia, logran atraer muchos millones de dólares para fondear las costosas campañas de los candidatos de su partido.

Casi todas las grandes fortunas del país, tienen alguna rama de su genealogía posicionada en uno u otro Partido o en los dos, manteniéndose en ello generación tras generación.

Algunos inclusive han logrado coronar sus ambiciones políticas personales con puestos de gran importancia, como John F. Kennedy o Nelson Rockefeller y otros han fundado dinastías políticas como George H.W. Bush.

La gran mayoría de estos personajes están en la política por un proceso de familia casi hereditario, que podría interpretarse como una tradición o un legado.

Es algo así como una versión capitalista de la monarquía, donde las familias de Sangre Real, son las que por generación tras generación se acomodan con el monarca en turno, para seguir en el tope de la pirámide del poder.

La única diferencia es que a estas dinastías de familias capitalistas les corre sangre "verde" y no "azul".

Pero también hay otros personajes muy importantes que poco aparecen a la luz pública, pero que tienen enorme influencia sobre las decisiones y personas de esos grupos de poder. Ellos representan la esencia del sistema de este país.

Representan a los grandes capitales.

Manejan directamente los fondos financieros y las empresas que controlan como parte de sus propias inversiones, o están atrás del telón, como miembros de los Consejos de Administración.

Edmund Gartner III era sin duda una persona de este muy selecto grupo.

Casado primero con Francis Delany, hija de la buena sociedad del estado de Vermont, cuando ella murió de cáncer a edad muy joven, se mantuvo soltero y dedicado a diversificar y crecer la fortuna familiar, posicionándose como uno de los gigantes de la industria del entretenimiento y la televisión, hasta que hace ocho años sorprendió a todos, casándose con una chica argentina que hacía muy poco había entrado a trabajar como parte del personal de su oficina privada.

Daniella, la nueva esposa de Edmund Gartner III, muy pronto logró ganarse un sitio importante en el círculo de amistades y relaciones familiares de su esposo.

Inteligente y guapa, descendiente de inmigrantes de familias italianas y españolas, había viajado desde Buenos Aires a Nueva York para estudiar ciencias políticas.

Buscó un trabajo temporal en unas vacaciones de verano para pagarse el siguiente y último semestre que le faltaba para graduarse en la Universidad de Columbia.

El destino la llevó a que la señorita Morton de la Bolsa de Trabajo de esa Universidad la enviara a trabajar en la oficina privada de la residencia de la familia Gartner.

Daniella estudió desde muy pequeña en el colegio del Corazón de María, que está en la calle Guise, en el barrio de Palermo de Buenos Aires, en el cual nació y creció.

A su regreso a casa, después de hacer las tareas, se sentaba con su hermano Patricio y sus abuelos Patricio y María del Rosario a jugar a las cartas, justo antes de la merienda. Ahí fue donde aprendió a jugar el "bridge", que mucho después, sería la circunstancia para empezar una relación de amistad con su patrón Edmund Gartner III, la cual culminó en matrimonio once meses más tarde.

Edmund Gartner jugaba "bridge" todos los jueves por la noche con tres amigos, sin embargo un jueves por la tarde recibió una llamada informándole que su amigo James Barton no podría asistir esa noche a jugar bridge en casa de Edmund Gartner, por haberse roto la pierna en una caída del caballo sufrida esa misma mañana durante su sesión diaria de equitación.

Cuando Daniella recibió ese mensaje y se lo comunicó al señor Gartner, nunca se imaginó que aquello fuera tan grave. Edmund realmente se molestó, por tener que cancelar la reunión semanal con sus amigos, lo cual hacían muy pocas veces.

*"Le he dicho mil veces a Jimmy Barton que está viejo para andar brincando a caballo como jovencito y ahora nos ha fastidiado la noche a todos.*

*Ya es muy tarde para conseguir alguien más",* exclamó desanimado Gartner.

*"Disculpe, míster Gartner, pero yó podría jugar con Vos, si no le importá".*

*"Yo sé jugar al "bridge', porque lo aprendí y jugué mucho tiémpo con mi Abuélo, y créo que hasta soy buéna para éso",* respondió Daniella sin poder disimular su acento porteño.

*"¿No me está engañando?", dijo él.*

*"Por supuesto que nó, míster Gartner".*

*"Voy a aceptar su ofrecimiento, pero sepa que si no es cierto eso de que usted sabe jugar, se acaba el juego y también su trabajo conmigo en esta casa, ¿Entendido?"*

*"La esperamos a las seis en la biblioteca"* terminó de decir Edmund Gartner.

Al norte de la ciudad de Nueva York y del estado del mismo nombre, en lo que los neoyorkinos llaman "up-state", está la ciudad de White Plains.

Muy cerca de ahí, en unas colinas boscosas se encuentra el pueblo de Tarrytown.

Es en Tarrytown donde Edmund Gartner III nació y vive.

La casa de la familia, si se le puede llamar casa, es un verdadero castillo.

Fué el abuelo Edmund Gartner I, quien después de acumular una enorme fortuna con la explotación de petróleo a fines del siglo diecinueve y principios del siglo veinte, logró traer desde Francia un auténtico castillo medieval, desmontado piedra por piedra, mismas que fueron cuidadosamente numeradas, empacadas y enviadas por barco a América, para ser vueltas a armar en medio de aquella explanada, en las colinas boscosas de Tarrytown.

El castillo mira hacia el este. Tiene al frente un hermoso y cuidado jardín francés que termina en una larga balaustrada de cantera labrada, coronada por seis columnas romanas de mármol traídas de Umbría, las cuales se reflejan contra el horizonte en los rojos atardeceres del verano.

Esa balaustrada o balcón, está al borde de un acantilado rocoso de casi 100 pies de altura que muere abajo en las aguas del Río Hudson, el cual corre mansamente llevando su enorme caudal para ir a desembocar en la "gran manzana", a ciento veinte millas al sureste de ahí.

Desde aquella balaustrada se pueden ver a lo lejos, un poco más arriba, al final de una amplia curva del cauce del río, los cuidados campos verdes y los blancos edificios de la Academia Militar de West Point y muy pequeñitos, también se alcanzan a ver los cadetes de West Point haciendo sus marchas, maniobras y tránsito.

Edmund Gartner III disfruta mucho las tardes en las que pasea entre los setos y rosales del jardín. Casi siempre, al final de la caminata llega hasta la balaustrada del fondo, para observar con un telescopio ahí montado, todo lo que pasa en la lejana y ahora cercana para sus ojos, academia militar allá abajo junto al río.

A Edmund le habría gustado que su hijo Edward, al no interesarse por la abogacía o los negocios, hubiera tenido la vocación de la carrera militar, pero desafortunadamente, Edward había decidido hacer con su vida otra cosa muy diferente y hoy, como lo hacía desde hace casi de 20 años, se ganaba la vida como DJ en California, con el pelo casi a la cintura, las orejas perforadas y el cuerpo tatuado.

Edmund Gartner se inclinaba sobre el telescopio para ver sonriendo y con un solo ojo, como el Sargento Mayor de un pelotón de Cadetes, los hacía trabajar a marchas forzadas en la "colina de Iwo-Jima", que es como los cadetes llaman aquel promontorio del campus de la Academia, al que los sargentos llevan a sus estudiantes para trabajarlos por horas, hasta que desfallecen de cansancio y agotamiento.

Justo en ese momento, unas pisadas en las baldosas de piedra a su espalda lo hicieron erguirse y voltear.

Un visitante se acercaba extendiéndole la mano abierta para saludarlo con una mirada amable pero seria.

Philip Farland, el Senador y futuro precandidato a la Presidencia del Partido Demócrata, se detuvo frente a Edmund Gartner y le pidió que caminaran a lo largo de la orilla de la balaustrada rumbo a un bosquecillo de frondosos árboles situado 300 pies, un poco más abajo de la colina.

*"Edmund, traigo muy malas noticias"*, dijo Philip y continuó con la siguiente pregunta para Edmund Gartner, *¿Has oído hablar de la Operación El Álamo?"*

*"Pues si Philip, y me tiene preocupado el rumbo que esto pueda tomar"* respondió Gartner.

*"Como bien sabes"*, dijo Philip Gartner, *"Recientemente se han dado una serie de reuniones entre personajes muy importantes de la Derecha. Yó en lo personal y mi equipo de asesores consideramos que este asunto yá llego a un grado muy serio en el que debemos de intervenir con decisión".*

*"Esa es la razón de esta visita".*

*"Ayer, en la reunión del Comité conjunto de Seguridad del Congreso en el cual participo, los amigos del ala derecha por primera vez empezaron a hablar de una proposición de acción dura y selectiva contra los indocumentados que harían aprovechando la mayoría que tienen los Republicanos en el Cámara de Representantes".*

*"Creo que la reacción que temíamos de los Halcones se está dando"*, exclamó Edmund Gartner.

El Senador continuó con su comentario: *"Esta mañana en la reunión que tuvimos en la Casa Blanca expresé mi opinión sobre el impacto que puede representar una acción masiva de este tipo, como se pretende llevar a cabo con la Operación El Álamo, lo cual yo considero sería un suicidio político".*

*"Por supuesto Philip"*, replico Edmund, *"Eso sería un gravísimo error".*

*"Para mi está claro que la Operación El Álamo que buscan llevar adelante para detener y expulsar masivamente y en muy corto plazo a miles de inmigrantes hispanos que hoy están en este país ayudándonos a sacar adelante con su trabajo a nuestra economía, está pensada como una estrategia para la ciudadanía, construyendo un caso mediático de patriotismo mal entendido, que le permita a los Republicanos ganar votos las próximas elecciones".*

*"México, que es el país de origen del mayor número de migrantes está bastante complicado y entretenido con sus problemas internos para oponer una resistencia significativa y además les hemos forzado yá, a bloquear al máximo posible el cruce de menores con o sin familiares por su frontera Sur con Guatemala y Belice, además de prácticamente militarizar ese ferrocarril de carga que ellos mismos llaman La Bestia, en el cual se mueven cada año más de cincuenta mil extranjeros que buscan llegar a nuestro país por esa vía".*

*"Adicionalmente, todavía a nivel de rumor, algunos de los miembros de este grupo del Partido Republicano, que bien conocemos tú y yó, empiezan a hablar yá de que entre los objetivos estratégicos de esta iniciativa de la Operación El Álamo, se contempla también la posibilidad de establecer en el lado mexicano de la frontera, diez y seis Centros de Control operados por el Servicio de Inmigración y Control de Aduanas y por la DEA, sin participación alguna del gobierno mexicano".*

*"Ellos dicen que esa es la única forma posible de asegurar un blindaje completo de la frontera, para frenar el cruce de migrantes y hacer más simple la repatriación de todos los*

*detenidos en nuestro territorio y por supuesto, imponer un control más fuerte a la entrada de drogas a Estados Unidos".*

*"Tú sabes que ese último tema se ha discutido varias veces en el Comité de las Fuerzas Armadas, desde que los Carteles de la Droga empezaron a expandir sus actividades criminales de asesinatos y secuestros en todos nuestros estados fronterizos, así que no es sorpresa".*

*"Lo que ahora sí es muy diferente, porque no la tienen preparada en absoluto y les podría llevar días, muchos problemas y mucho dinero antes de estar listos para lanzarse, es la parte interna de detención de esa cantidad de indocumentados hispanos dentro de nuestro propio país, y esa es la parte que en este momento, a mí me parece ser la más cercana para obtener una aprobación del Congreso. ¿No lo crees así Philip?"*

El senador Farland respondió: *"No va a ser sencillo detener y manejar a cientos de miles de personas de la noche a la mañana".*

*"Ni con todas las policías y toda la Guardia Nacional lo pueden hacer rápido y sin problemas".*

*"¿Cómo van a diferenciar a los ilegales de los "latinos" que son ciudadanos o a los hijos o nietos de los inmigrantes ilegales que nacieron en este país y que son americanos pero que se ven y visten igual?*

*¿Van a llevar a niveles impensables el impacto provocado por estar separando a las familias de los indocumentados detenidos, dejando a sus hijos americanos solos acá en los Estados Unidos, mientras los padres van a los campos de detención y son extraditados?"*

*"¿De dónde van a sacar prisiones suficientes para guardar a toda esa gente, si hoy no pueden siquiera guardar en condiciones correctas a los niños indocumentados?*

*¿Cómo manejar la logística de todo, de detenerlos, procesarlos, encerrarlos y luego enviarlos de regreso a México o a muchos otros países de Centro y Sur América?, porqué como te digo, en este país no hay facilidades para retener y procesar a tantos detenidos".*

*"Si con los miles de menores de edad detenidos cruzando ilegalmente la frontera se ha creado un problema muy serio, que tiene visibilidad mundial y está generando criticas de las Agencias Defensoras de los Derechos Humanos en todo el mundo, ahora que eso se multiplique exponencialmente, imagínate la presión internacional que se puede generar".*

Edmund Gartner III mostraba cada vez más una cara muy seria, meneando la cabeza lentamente y tallando el piso de hierba con el zapato derecho.

*"Philip, esto no se puede comparar con la situación que nos sucedió en la Segunda Guerra, cuando se detuvo a las familias Japonesas o después, cuando hubo la cacería de terroristas fanáticos hace unos años, en la que muchos por el hecho de ser o parecer Árabes o Musulmanes, fueron detenidos justa o injustamente y con riesgo de ser enviados a Guantánamo. Esto es otra cosa muy diferente".*

Gartner continuó: *"Si no lo hacen bien, el problema cubrirá todos los Estados Unidos.*

*Recuerda que hoy uno de cada diez mexicanos vive en nuestro país y casi dos de cada diez americanos son hispanos."*

Philip alzando la voz, exclamó: *"Además, creo que ellos nó se van a dejar. Este plan es una locura, es casi como la persecución nazi en el siglo pasado".*

A lo que Edmund Gartner III complementó: *"No lo podemos permitir cueste lo que cueste".*

*"Edmund,"* respondió Philip, *"Tenemos poco tiempo, no más de una semana mientras se preparan para lograr el consenso de mayoría en las Cámaras, así que debemos movernos muy rápido y sobre todo, con muchísima discreción".*

*"Ellos quieren intentar hacer esto antes de las elecciones. No hay tiempo que perder ni espacio para ningún error".*

*"Contigo Philip, cuando seas nominado como Candidato Demócrata, tendrán menos posibilidades de lograr el apoyo del Congreso"* dijo Gartner y continuó: *"Cualquier error nos puede costar muy caro a todos y no está por demás recordar, lo que yá hicieron para las elecciones de California".*

Ambos hombres siguieron caminando hasta llegar a la sombra del primer roble de aquel bosquecillo y continuaron hablando por dos horas más hasta después de que el sol se había puesto en el fondo, escondiéndose en un cielo estrellado detrás de los montes Apalaches.

Philip Farland se despidió de Edmund Gartner III y aún sin poder regresar a su casa, en pleno atardecer se dirigió rumbo al norte para entrar a la autopista Sprain Brook Parkway, para llegar a la pequeña y cercana población de Mount Pleasant.

La casa del senador Ramón Benigno Macías está situada en el área residencial de Mount Pleasant. Es de una sola planta, con un gran patio rectangular al centro al cual asoman todas las áreas de la residencia, comunicadas por un amplio corredor con arcos y columnas de cantera rosa, que dan la vuelta enmarcando el patio.

Gruesas vigas de roble sostienen el techo de teja del corredor, que abajo tiene un pulido piso de loseta de Saltillo y unos enormes y coloridos macetones de cerámica de Tlaquepaque.

Al centro está otra enorme fuente también de cantera rosa de Jalisco, con el alegre sonido del agua cayendo, iluminada discretamente por luces que salían del fondo dando realce al conjunto con esa agradable sensación de tranquilidad provinciana que yá no se encuentra en las grandes ciudades.

Al frente están un salón y el despacho del senador Macías. Hasta ahí se dirigió el senador Philip Farland tan pronto se detuvo su auto en la puerta principal, a su regreso de sus reuniones, primero en la Casa Blanca y más tarde con Edmund Gartner III en su casa de Tarrytown.

Al entrar apresurado, apenas dirigió un gesto de saludo a Pedro, el mayordomo de la casa y primo del Senador, que le abría la puerta de la casa para acompañarlo al despacho.

En el acogedor despacho, con paredes de ladrillo rojo aparente y libreros de madera de caoba estilo colonial mexicano, yá lo esperaban el Senador Macías y Juan de la Concha, su colaborador más cercano y amigo personal de mayor confianza, así como el abogado Robert Petersen, jefe del equipo de acción política de Farland.

Philip Farland se sentó, aceptó un trago muy pequeño de coñac Napoleón, mientras los demás se preparaban para escucharlo en aquella visita casi nocturna.

Durante los siguientes veinte minutos, Farland habló describiendo a grandes rasgos algunos puntos de la reunión que recién había tenido con Edmund Gartner en su casa, para pedirles luego que le permitieran hablar a solas con el senador Macías.

Ambos salieron al patio y sentándose en una banca de hierro forjado que se encontraba junto a la fuente, conversaron por una hora más, sin que nadie se enterara de sus palabras, enmascaradas por el fragor del agua de la fuente que caía justo a sus espaldas.

Cuando Farland se retiró, Benny Macías regresó al interior de la casa y sirviéndose un "caballito" de Tequila Don Julio, se sentó en su sillón preferido en el que a poco se quedó dormido, recordando casi entre sueños las rimas de aquella canción de los Tigres del Norte titulada "De Paisano a Paisano, de Hermano a Hermano" que dicen:

"De Paisano a Paisano, de Hermano a Hermano",
"Nos han hecho la guerra y patrullando fronteras, no nos pueden ganar"
"Si con mi canto pudiera, quisiera que hubiera, una sola bandera, en una misma nación".

Al otro día, viernes 31 de Julio, el Senador Philip Farland, el Senador Benny Macías, su ayudante Juan de la Concha y el abogado Robert Petersen estuvieron encerrados en ese mismo lugar por muchas horas, salvo por la interrupción de Jennifer, la esposa americana del Senador Macías, que les llevó al mediodía un plato de quesadillas rellenas con queso de Oaxaca y flor de calabaza, con una gran jarra de agua fresca de flor de Jamaica.

A la media noche de ese mismo viernes 31 de Julio, Juan de la Concha y Robert Petersen, salieron rumbo al aeropuerto de Poughkeepsie, en donde les esperaba el jet privado de Edmund Gartner III para llevarlos a la Ciudad de México en una misión muy especial.

# CAPITULO CINCO

## LA REUNION EN "LOS PINOS" Y LO QUE PASO DESPUES

Cuando de la Concha y Petersen llegaron muy de madrugada del sábado 1 de Agosto al aeropuerto de aviones privados de Poughkeepsie, el jet ejecutivo Cessna Citation yá estaba listo.

Ambos yá habían volado en él durante la campaña política de los Senadores Farland y Macías y conocían también a la tripulación de tres personas, que desde hace ya varios años trabajaban para Edmund Gartner III.

El avión, un Cessna Citation para siete pasajeros y autonomía de más de tres mil millas los llevaría directamente hasta la Ciudad de México, en un cómodo vuelo de casi cinco horas.

Con la seguridad que da la confianza de haber estado antes en él, Juan de la Concha y Robert Petersen subieron rápidamente por la escalerilla extendida del avión, para detenerse en seco justo al entrar al avión, cuando sorpresivamente encontraron yá sentada en las butacas del fondo del avión a Daniella, la esposa del señor Edmund Gartner III, acompañada por John Hank encargado personal de la seguridad de la familia Gartner.

Hank se puso de pié y saludó cortésmente, haciéndose a un lado para que los recién llegados aún no repuestos de ver ahí a la señora Gartner, tartamudearan un saludo, sin realmente saber bien qué decir.

El Cessna matricula CS-DFH carreteó por la pista desierta del aeropuerto de Poughkeepsie y despegó rápidamente dando un amplio giro sobre la costa atlántica para dirigirse hacia el sur en la oscuridad previa a la madrugada.

A poco, Daniella Gartner se adelantó explicando a sus acompañantes que ella al enterarse por su esposo de la situación y plan a llevarse a cabo en la visita a México, se ofreció como acompañante aprovechando que habla castellano y podría ser un recurso adicional inesperado, pero muy útil para lograr el objetivo de la reunión organizada por el Senador Benny Macías con el Presidente.

Lo que no les dijo, es que su esposo Edmund Gartner, quería tener a alguien de su absoluta confianza cerca de aquella operación y había propuesto a su esposa hacer el viaje y llevar su mensaje personal, a pesar de representar algunos riesgos.

De la Concha y Petersen fueron amables, pero cruzando miradas entendieron que esa jugada sorpresiva de Edmund Gartner III no podía haber sido aprobada por los Senadores Philip Farland y Benny Macías y que de haber sido así, ellos les hubieran avisado antes.

Edmund Gartner, una vez que recibió el aviso de que su avión ya había despegado de Poughkeepsie, de inmediato llamó a los Senadores Philip Farland y Benny Macías, para avisarles que el avión volaba ya rumbo a México y que su esposa Daniella viajaba en el avión.

Gartner también comento a los Senadores, que él había aceptado la propuesta de último momento de su esposa para integrarse al equipo que volaba rumbo a México, como la mejor opción para asegurar el éxito, ya que él no confiaba totalmente en que De la Concha y Petersen solos logran generar la suficiente confianza en el Presidente y sin duda que Daniella por hablar español, podía ser de gran ayuda.

Al aterrizar el Cessna en la pista cinco izquierda del aeropuerto Benito Juárez en México D.F. la mayor ciudad del continente americano se preparaba para despertar.

El avión se detuvo en la terminal 2, en el lado opuesto al edificio principal del aeropuerto, junto a los hangares de la Presidencia y de la Procuraduría de la Republica.

El trámite migratorio fue rápido y discreto como era siempre con los pasajeros y tripulantes de aviones ejecutivos.

Una camioneta negra se acercó a la puerta interna de la terminal, para que Daniella Gartner, Juan de la Concha, Robert Petersen y John Hank se subieran para llevarlos a la Residencia Presidencial de Los Pinos.

El vehículo dobló en la avenida Hangares, para luego tomar la desviación al viaducto Miguel Alemán, que los llevó en cuarenta minutos, todavía sin encontrar mucho tráfico, hasta la puerta Cuatro de Los Pinos.

La Residencia Presidencial de Los Pinos, que todo el mundo simplemente la llama "Los Pinos", es un conjunto de edificaciones en el interior de un área muy grande en un extremo del Bosque de Chapultepec, situado dentro del área urbana de la ciudad. Los Pinos está protegido por dos perímetros, el externo, que en unas partes es una alta y elegante robusta reja y en otras es un sólido muro.

Varios metros hacia adentro, detrás del primer perímetro y paralelo a este, hay un segundo perímetro, con muros muy altos de concreto, rejas y vigilancia electrónica, protegiendo la seguridad e intimidad de la casa presidencial y de las oficinas ejecutivas.

La puerta Cuatro, al igual que el resto de entradas, da acceso a ese espacio intermedio entre las dos vallas perimetrales de la propiedad. Ahí es adonde los visitantes son inicialmente recibidos, se registran y dependiendo de su rango y propósito, son autorizados a entrar, siempre acompañados, por la puerta correspondiente del perímetro interior.

En todo momento, ya sean rejas, bardas o tupidos árboles, desde ningún lado del exterior del corredor perimetral interno es posible ver la casa presidencial.

La casa oficial de los Pinos es una edificación de dos plantas muy amplia. La parte de abajo es la residencia oficial de la Presidencia y de sus oficinas ejecutivas.

La planta alta, fue por mucho tiempo la residencia privada del Presidente y su familia, hasta que el Presidente Fox y su esposa Martha, dispusieron construir un chalet más discreto en un área un poco más apartada del inmenso y boscoso jardín.

A lo largo de los gobiernos que pasaron desde que los Presidentes dejaron de utilizar el Palacio Nacional como su oficina principal, aun cuando oficialmente lo sigue siendo, la Residencia de los Pinos ha ido sufriendo cambios, algunas veces radicales en su distribución y decoración.

Fue famosa la época del Presidente Luís Echeverría, cuando mandó quitar todos los muebles finos y clásicos y la decoración tradicional, para ser substituida por una decoración típica mexicana de gruesos muebles de madera, equípales de cuero, cortinas, manteles y cojines de mantas de colores, así como sarapes de Saltillo en reemplazo de los finos tapetes persas que sus predecesores habían ido llevando.

El Presidente actual y su esposa no habían hecho todavía cambios mayores, así que la decoración existente era la que en su mayor parte quedo del estilo y gustos del presidente anterior, aunque como buen político, el Presidente dio instrucciones de que la recepción y los salones oficiales de la planta baja, mantuvieran un aspecto elegante, serio y austero.

Al llegar la camioneta a la puerta cuatro, los militares armados de la Guardia Presidencial revisaron los documentos de los visitantes, los hicieron pasar por un detector de metales, le pidieron a John Hank su arma para mantenerla en custodia y a todos, sus teléfonos celulares. Después les dejaron pasar hasta la caseta del segundo perímetro.

De ahí, un pulcro capitán con una escolta de tres agentes armados los acompañó caminando por un cuidado sendero, que conduce al pórtico de la puerta principal de las oficinas de la Casa Presidencial.

En todo momento y en todos lados, se podía sentir la discreta presencia de agentes secretos y de cámaras de video, visibles o escondidas entre los árboles de los jardines o adentro y afuera de los edificios.

Por la hora, la mañana estaba fresca y húmeda, ayudando a que el grupo apurara el paso para llegar a los escalones del vestíbulo.

En cuanto llegaron, los recibió el Licenciado Marcos Benítez que yá los esperaba para pedirles que tomaran asiento en una cómoda recepción, mientras el Presidente los atendía.

Esa espera no sorprendió a De la Concha y a Daniella, ya que es parte del protocolo y cultura del poder de los políticos Latinoamericanos.

Petersen como buen americano no entendía muy bien cómo es que si todo estaba acordado y coordinado para una hora precisa, las cosas no sucedían así y todo el mundo lo tomaba tan natural, como si fuera lo de lo más normal.

Qué bueno que no vino Benny pensó Petersen, porque lo hubieran hecho esperar igual, mientras que John Hank se sentía incómodo por haber tenido que dejar su arma en la caseta de entrada de la puerta Cuatro.

Daniella por su parte saboreaba una sabrosa y humeante taza de café veracruzano que una asistente les había llevado. Ese café le recordaba aquellos que tomaba de más joven en un cafecito del barrio de la Recoleta, allá en su natal Buenos Aires.

Quince minutos después, Benítez regreso con una sonrisa a indicarles que el señor Presidente los recibiría de inmediato en su despacho.

Solamente de la Concha y Daniella se pusieron de pie para seguir a Benítez. Petersen y Hank se quedaron en la recepción mirando y siendo mirados por los dos agentes de seguridad que parados en las dos esquinas de aquel lugar, parecía que no tenían otra cosa que hacer que estarlos viendo a ellos dos.

Daniella media hora antes de aterrizar, había entrado al baño del avión para cambiarse de ropa y darse un arreglo final de maquillaje y peinado. Al salir, nuevamente sorprendió a sus compañeros de viaje, ya que ahora lucía un elegante traje de Chanel color negro, que al mismo tiempo marcaba su figura discretamente.

Su bonita y esponjada cabellera color caoba caía sobre los hombros dejando ver apenas dos pequeños aretes de perlas.

Un par de zapatos también negros haciendo juego con un bolso de Gucci y una mascada Hermes eran el resto del atuendo de Daniella.

Daniella se levantó y caminando con paso firme y la mirada en alto, cruzó la puerta del despacho presidencial de la Casa de Los Pinos.

El despacho presidencial tiene un amplio y cómodo juego de sala con vista a un gran ventanal y detrás de él, solo se podía ver lo profundo del boscoso y bien arreglado jardín de Los Pinos.

El Presidente de México, seriamente vestido con un traje de fino casimir azul marino, camisa blanca impecable, corbata de seda y muy bien peinado, estaba de pie a un lado de su escritorio.

Saludó con un apretón de manos y una muy ligera inclinación de cabeza a Daniella y luego le dio la mano a Juan de la Concha.

Sí el Presidente estaba intrigado con esta visita desde la llamada del Senador Benny Macías pocas horas antes, ahora que Juan de la Concha se aparecía con aquella mujer guapa y elegante, la cosa era todavía más enigmática.

De la Concha dio las gracias, se presentó él y cortésmente presentó a Daniella Gartner como asesora especial de los Senadores Macías y Farland, además por supuesto, de ser la esposa de Don Edmund Gartner III.

De la Concha agradeció al Presidente que los recibiera con esa premura, sobretodo siendo día Sábado. Luego explicó que llevaba la encomienda del Senador Macías, para ponerlo al tanto en forma personal y muy confidencial, de una situación muy seria y preocupante que se desenvolvía en esos momentos en los Estados Unidos.

En cuanto estuvieran solos los dos, De la Concha le hablaría al Presidente con mayor detalle del riesgo potencial de una iniciativa llamada Operación El Álamo, que se estaba gestando en los sectores ultraconservadores de la sociedad y gobierno estadounidense y que se había diseñado como un plan de acción masivo de detención y extradición acelerada a México de al menos un millón de mexicanos indocumentados.

También le comentaría al Presidente mexicano que se hablaba de una posibilidad adicional no confirmada todavía, como parte de la Operación El Álamo, para blindar la frontera entre ambos países, lo que podría incluir el cruzar la línea fronteriza para establecer y operar en el lado mexicano de la frontera, varios centros de control migratorio y extradición de indocumentados operados por el Servicio de Inmigración y Aduanas de los Estados Unidos y nó por el Gobierno Mexicano, no obstante estar en territorio de México.

Lo más grave e inmediato, terminaba el mensaje que De la Concha estaba por dar al presidente de México, es que en muy poco tiempo, se planeaba que en esa operación El Álamo, cientos de miles de mexicanos fueran detenidos y regresados masivamente a México.

Un beneficio adicional de interés estratégico del refuerzo y blindaje de la frontera era el mantener contenidas del lado mexicano las cada vez más frecuentes y peligrosas incursiones, y la expansión del hampa mexicana que se estaba dando seriamente en muchas ciudades del país, principalmente en los estados de California, Arizona, Nuevo México y Texas, pero que yá empezaban a aparecer en ciudades más al norte como Chicago y Nueva York.

Para lograr el apoyo de la población y de los votantes norteamericanos a la Operación El Álamo, se planeaba una intensa campaña mediática en la prensa, televisión y redes sociales, intentando sensibilizar a la población americana abordando en forma dramática los temas de la pérdida de oportunidades de los americanos a manos de los migrantes Hispanos y el impacto de los múltiples secuestros, asesinatos, extorsiones y robos a ciudadanos y empresas norteamericanas en México.

Dadas las circunstancias de tiempo y forma que se presentaban, los líderes del Partido Demócrata y muchos norteamericanos no identificados con las ideas de la extrema derecha, estaban iniciando yá un plan de acción, para detener la iniciativa de la Operación El Álamo.

Entre esos líderes Demócratas estaban el Senador Macías, el Senador Farland, este último, Precandidato del Partido Demócrata a la Presidencia, para las elecciones del 2016 y por supuesto el actual Presidente de los Estados Unidos.

En todos ellos había una seria preocupación sobre el enorme problema social y económico que esta Operación El Álamo causaría a México, al de pronto verse inundados por millones de desempleados, arrancados de sus familias y de su patrimonio; sin recursos, sin trabajo y sin futuro.

Se preveía la posibilidad adicional de una severa disminución anual de las remesas de dinero de más de $ 22 Billones de dólares al año que envían los migrantes mexicanos a sus familias en este país, y que en conjunto representan la segunda fuente de ingresos de divisas de México, después de las ventas de petróleo al extranjero, eso sin considerar el aspecto diplomático y de soberanía que podría acarrear el hecho de intentar establecer centros norteamericanos de control migratorio en el lado mexicano de la frontera.

Para asegurar su éxito y darle más fuerza al Presidente norteamericano en la lucha y negociaciones, este plan de acción del Partido Demócrata también precisaba de una estrategia y acciones específicas y muy importantes por parte del Gobierno y pueblo de México,

El objetivo concreto de Juan de la Concha y sus acompañantes ese día 1 de Agosto del 2015, era hacer del conocimiento del Presidente de México, la información y alcances de esta peligrosa amenaza para la población latina de indocumentados en los Estados Unidos y del devastador impacto que su ejecución tendría en México, nada comparable con los cien mil migrantes adultos indocumentados que normalmente se detienen y deportan cada año, principalmente a México.

Lo anterior, en adición a los miles de niños y niñas que cada año se arriesgan a salir de sus casas en Centro América, para ir a buscar una nueva vida en los Estados Unidos, cuyo número de detenidos y repatriados llegó a exceder los cincuenta mil en el año 2014 y que afortunadamente ha ido disminuyendo un poco, después de las medidas humanitarias y de control que todos los países involucrados han implementado, incluidos México y Estados Unidos.

El Presidente agradeció a Daniella su presencia con una sonrisa e invitó a Manuel de la Concha a dar su mensaje.

Después de escuchar en silencio por los primeros quince minutos las palabras iniciales de Manuel de la Concha, el Presidente no lo podía creer.

Había habido rumores no confirmados de que un grupo importante del liderazgo norteamericano de derecha proponía semejante locura, pero eso no era ni nuevo ni realista.

Sin embargo la descripción de hechos que escuchaba de labios de Juan de la Concha era muy clara y concreta.

En ese momento, Daniella que estaba recargada hacia atrás del sillón con la pierna cruzada, desdobló la pierna, se movió hacia delante para quedar sentada en la orilla del cojín del asiento y mirando fijamente al presidente mexicano, le dijo:

*"Presidente, yo estoy aquí acompañado al Doctor de la Concha, para asegurarle y comprometer con vos, los recursos financieros que se requieran para llevar a cabo la estrategia que él le va a plantear en privado en unos momentos más".*

*"Por supuesto que los detalles y las condiciones de retorno de esa inversión, para los inversionistas que nos apoyan y para los socios mexicanos que usted incluya para el manejo y administración de esos fondos, serán discutidos más adelante, sin embargo sepa usted señor Presidente, que no escatimaremos ningún esfuerzo para proteger a nuestros amigos mexicanos".*

Diciendo eso, Daniella extendió la mano al Presidente, despidiéndose de él con una sonrisa y se dirigió a la puerta del despacho para salir a la recepción en la que estaban Hank y Petersen.

El Presidente se adelantó a abrirle personalmente la puerta antes de que el guardia que estaba por el lado exterior pudiera reaccionar.

Una vez que Daniella se fue, el Presidente invitó a Juan De la Concha a salir al jardín por otra puerta, para escuchar en el exterior y a solas, el detalle completo de la parte sustantiva del mensaje del Senador Ramón Benigno Macías. En ese momento daban las nueve de la mañana.

Pronto, bajo uno de los enormes pinos del jardín, a unos cien pies de la casa, los discretos agentes de seguridad medio escondidos por el follaje pudieron observar desde su posición a De la Concha hablando calmadamente, mientras el Presidente miraba alternadamente hacia las copas de los árboles, para luego voltear a mirar hacia abajo, sin hablar nada, tan solo escuchando las palabras que Juan de la Concha le decía.

Ahí afuera, Juan de la Concha continuo su conversación con el Presidente mexicano:

*"Según opina el Senador Macías",* le decía De la Concha, *"la decisión podría estar a punto de tomarse y yá se estaba llevando a cabo la planeación inicial de las acciones en México y en Estados Unidos, para en paralelo y a la mayor velocidad y sorpresa, dar el golpe a los indocumentados mexicanos, antes de que pudiera haber cualquier resistencia u oposición organizada interna en los Estados Unidos o en México".*

*"El Plan se está manejando por muy pocas personas al nivel más alto de la bancada Republicana del Congreso".*

*"Se tienen algunos informes de que los contactos de alto nivel de la Derecha Republicana con los gobiernos de Francia,*

*Inglaterra y Alemania yá están informados también y solo falta finalizar la logística operativa, comprometer al Presidente americano para aceptar como la única y mejor opción que el tenia para que su partido pueda aspirar a recibir apoyo mayoritario de la clase trabajadora para no perder masivamente en las siguientes elecciones en las que se elegirían Presidente, Vicepresidente, trece Gubernaturas, treinta y cuatro Senadores y la totalidad de los cuatrocientos treinta y cinco miembros de la Cámara de Representantes, en adición a las elecciones de varios congresos estatales".*

*"Los Republicanos planean iniciar prácticamente de inmediato el proceso de aprobación en el Congreso de la iniciativa de la Operación El Álamo, en base al apoyo mayoritario que ellos yá tienen en la Cámara de Representantes, anticipándose al inicio del proceso de nominación de candidatos y de elecciones primarias de los dos Partidos".*

El Presidente de México pidió a De la Concha que le repitiera algunos puntos una vez más, para asegurarse que había entendido con claridad el problema.

Luego preguntó cuál era la propuesta concreta del senador Macías para manejar tan crítica situación.

Antes de que el Presidente y De la Concha salieran a conversar al jardín, Daniella salió del despacho seguida por el secretario Benítez y pidió a John Hank que la llevara al Aeropuerto, donde esperaría en el avión a que Juan de la la Concha regresara con una respuesta, o al menos con una opinión de cómo el Presidente había tomado la propuesta del Senador Macías y cuál sería el plan de acción de aquí en adelante.

Cuando Macías y Farland recibieron una llamada de Edmund Gartner y se enteraron de que Daniella había participado en el viaje y asistía a la reunión con el Presidente, estaban furiosos.

Benny Macías le dijo a Philip Farland cási como reclamo, que enviar a Daniella nunca estuvo en los planes.

Gartner había abusado de su posición e influencia con ellos para hacer eso.

El que fuera uno de los mayores contribuyentes del Partido Demócrata y de la precandidatura del Senador Farland a la Presidencia de los Estados Unidos, no le daba derecho de hacer algo así.

La reacción de Farland, iba más con su estilo.

Balanceado y maduro era muy difícil que perdiera el control de sí mismo.

Fríamente calculaba las implicaciones de aquel movimiento inesperado y de cómo podría afectar al resultado de la visita.

Estaba seguro que Edmund Gartner planeó hacerlo así, ya que nadie podía anticipar con seguridad la reacción que pudiera tener el Primer Mandatario mexicano.

Lo que más le preocupaba ahora a Farland, por supuesto además del éxito o fracaso de la reunión con el Presidente de México, era el impacto del mensaje que Daniella llevaba por parte de Edmund Gartner y del grupo de intereses financieros que los Gartner representaban políticamente.

Macías era más explosivo. No les habían avisado de la participación de Daniella, y en ese momento ya no había forma de comunicarse con De la Concha y tampoco había tiempo ni forma de dar marcha atrás.

Edmund Gartner III les había dado un verdadero gancho al hígado y aunque lo intentaron, no obtuvieron repuesta del teléfono celular de Juan de la Concha.

Aquello era cási como una traición a los ojos de Benny Macías, ya que Edmund Gartner estaba anteponiendo sus intereses de negocios a los intereses políticos del país y se había aprovechado de su posicionamiento dentro del grupo.

La camioneta negra ya iba de regreso al Aeropuerto Benito Juárez, llevando solo a Daniella y a John Hank, que como medida practica había dejado su arma en la caseta de los guardias de la residencia presidencial, a la cual tendría que regresar de inmediato para recoger a De la Concha y a Petersen, que probablemente después del tiempo transcurrido, ya estarían tomando su cuarto café sentados en la Recepción de Los Pinos.

Saliendo de Los Pinos, yá en la camioneta, Daniella llamó por su teléfono celular a su esposo Edmund Gartner, para informarle de cómo iba desarrollándose la reunión con especial a la que habían ido. Ella ya había dado su mensaje y ahora esa importante persona y De la Concha conversaban en privado, mientras ella, acompañada por Hank, se dirigía de regreso al aeropuerto, en donde esperaría al resto del grupo para regresar a Poughkeepsie.

El viaducto Miguel Alemán es una vía que alguna vez fue rápida. Construida en el cauce del antiguo Río de la Piedad, cruza media ciudad de oriente a poniente con el río entubado al centro. Tiene tres angostos carriles de circulación a ambos lados, que van a un nivel inferior al de la calle lateral y a los de las calles transversales, las cuales cruza por pasos inferiores de circulación continua, con pocas rampas de salida y entrada a lo largo de su curso.

Al oriente termina en la Calzada Ignacio Zaragoza, convirtiéndose en el boulevard Aeropuerto y en el otro extremo nace en una intersección con el Anillo Periférico, relativamente cerca de la Residencia de los Pinos.

Fue la primera vía rápida de la ciudad construida en 1950 y hoy por el exceso de tráfico, es verdaderamente intransitable durante casi todo el día.

A esa hora, la camioneta circulaba muy lenta. Más adelante había dos autos accidentados que se habían incendiado. La sirena de los bomberos se oía atrás en algún lado, pero por el mismo tráfico que estaba detenido por el siniestro, el auxilio no podía llegar.

Pronto dos policías llegaron corriendo desde una patrulla que se detuvo en la calle lateral y mientras uno tomaba un extinguidor, el otro empezó a dirigir el tráfico para que saliera de los carriles centrales por la rampa de salida a la calle de Doctor Vertiz.

El tiempo pasaba y los vehículos casi no avanzaban por esa lateral de un solo carril.

El chofer propuso dar vuelta para tomar la avenida Dr. Vertiz rumbo al centro de la ciudad y más adelante dar vuelta de nuevo en el siguiente eje vial, para seguir al aeropuerto o para retomar el Viaducto.

Cuando la camioneta tomó la avenida Dr. Vertiz, a pocas cuadras de ahí yá se encontraba circulando por la Colonia de los Doctores.

En la esquina de las calles de Dr. Vertiz y Dr. Balmis, la luz roja del semáforo los obligó a detenerse detrás del auto que iba delante de ellos, al mismo tiempo que por ambos lados de la camioneta llegaron dos motocicletas con dos pasajeros cada una.

¡Todo fue muy rápido!.

Los hombres sentados atrás en las motos, sacaron de entre sus ropas fusiles A-47 disparando ráfagas de balazos al asiento delantero.

Los cristales blindados de la camioneta no resistieron los proyectiles de ese calibre saltando en mil pedazos. El chofer murió en el acto, mientras John Hank con dos balazos en el cuerpo buscaba desesperadamente bajo su ropa un arma que no traía.

Un encapuchado se acercó a la camioneta, abrió la puerta delantera y le preguntó a gritos a John Hank sí él era John, al mismo tiempo que lo arrastraba hacia un auto sin placas que en ese momento llegó junto a la camioneta.

Daniella, que instantes antes iba viendo por la ventanilla de la camioneta los comercios y la gente que caminaba por las aceras, interesada porque era una zona de la ciudad que no conocía pero que tenía fama de ser un barrio peligroso, pensaba que alguna vez La Boca en Buenos Aires tuvo esa fama antes de convertirse en atracción turística.

Cuando Daniella alcanzó a ver desde atrás del cristal oscuro que los hombres de las motos traían la cabeza y cara cubierta con un pasamontañas y sacaban las armas, instintivamente se echó al piso, al mismo tiempo que gritaba *"cuidado John, nos asaltan".*

Después de eso, solo escuchó las ráfagas de disparos, los cristales saltando en pedazos, los gritos desesperados de John y finalmente la voz de alguien llevándose a John y preguntándole en inglés sí él era John.

Después silencio.

Un silencio eterno que no duró más de tres angustiosos segundos.

Daniella no se atrevía a pensar, no se atrevía a temblar, a abrir los ojos, a moverse o a siquiera a respirar.

Se oyó el ruido de neumáticos y motores acelerando y poco a poco empezó un murmullo de voces, de llantos y gritos que como rumor, se acercaba cada vez más fuerte, sin que Daniella que seguía en el piso del asiento trasero alcanzara a distinguir de qué se trataba.

De pronto alguien abrió la puerta trasera derecha de la camioneta. Daniella trató de incorporarse y empezó a salir de la camioneta ayudada por gente que nó conocía, quitándose de encima múltiples astillas de vidrio que le habían saltado en la cabellera, cara y cuerpo, además de verse con salpicaduras de sangre y con un fuerte dolor en el brazo izquierdo, Estaba aturdida. Como en shock.

No sabía que había pasado, ni sí estaba herida, si el chofer estaba muerto, ni adonde estaba John.

Casi empujada por aquel hombre que la ayudó a salir de la camioneta, empezó a caminar con la mirada perdida, tropezándose mucho, apretándose el brazo herido con la mano derecha. Iba llorando de rabia y de susto, sin fijarse en la gente que se acercaba a ver qué había pasado, con la curiosidad morbosa que generan siempre los hechos de sangre.

Tal vez había dado tres o cuatro pasos cuando una mano firme la sujetó del antebrazo derecho, ayudándola a caminar para atravesar la calle hasta la acera del otro lado. Algunos metros más adelante, aquel hombre la arrastró de un solo tirón por el quicio de una puerta que se cerró tras ellos y la llevó a brincos y tropezones, casi cayéndose a través de un largo patio, entre las sabanas y prendas recién lavadas que colgando a todo lo ancho, eran puestas a secarse ahí diariamente por las mujeres de las familias que en viviendas muy reducidas, comparten la propiedad y el patio central de esas llamadas "vecindades", que todavía sobreviven en la Colonia de los Doctores.

Daniella se preguntaba que hacia ella en medio de un conventillo, que es como se llaman las vecindades en Argentina, pero sin encontrar respuesta seguía intentando correr llevada a remolque por ese hombre que sin voltear a verla, la conducía lo más rápido posible lejos de aquella esquina fatídica de las calles de Dr. Vertiz y Dr. Balmis.

Subieron una escalera al fondo del patio, entre niños, macetas con geranios, juguetes de plástico, mujeres y hombres que subían o bajaban para salir o llegar a sus viviendas.

En el tercer nivel estaba la azotea, que también tenía muchos tendederos hechos con cuerdas de mecate amarradas a los numerosos tinacos de asbesto que tienen en la azotea todas las casas de la Ciudad de México.

En la loca carrera hasta llegar al final de la azotea, fueron esquivando o tirando al piso alguna de la ropa ahí colgada secándose al sol.

Muy próxima, a poco más de un metro de distancia, estaba la azotea de la vecindad contigua que daba a la calle de atrás, tan solo separada de aquella en donde estaba Daniella, por un angosto pasillo que se veía seis metros más abajo.

Daniella se resistió por instinto a saltar, pero aquel hombre la tomó firmemente y dando un paso hacia atrás, la llevó cargada por encima del hueco para caer del otro lado y así seguir la desenfrenada carrera entre los tendederos de ropa de otras tres vecindades.

Cuando volvieron a bajar por la escalera de la última vecindad, yá estaban lejos del lugar del asalto.

El hombre abrió la puerta de una vivienda y metió a Daniella de un empujón hacia adentro.

Aquello estaba muy oscuro y Daniella de pronto no podía ver nada.

No veía las facciones del hombre que la trajo, ni sabía si había alguien más ahí.

Aunque ella jugaba tenis y estaba en buena condición física, en ese momento el corazón se le salía del pecho y la respiración apenas le traía oxígeno, después de aquella carrera en una ciudad que está a más de cuatro mil pies de altura sobre el nivel del mar, herida del brazo y muy asustada por lo que recién había pasado.

En ese momento se dio cuenta que ya no traía ni su bolso, ni los zapatos y que la herida del brazo izquierdo le sangraba y le dolía, habiéndole manchado la manga del saco.

# CHAPTER SIX

# "WHERE THE HELL IS DANIELLA"

Edmund Gartner esperaba la llamada de su esposa a las doce del día, hora del Este, que equivalen a las diez de la mañana en la Ciudad de México.

Sabía que ella yá había dejado a De la Concha con el Presidente de México y que al subirse al avión nuevamente le llamaría, esta vez por el teléfono encriptado del aparato. Hablar por teléfono celular era riesgoso y se había considerado hacerlo lo mínimo posible, así que tenía que esperar a que ella llegara de nuevo al avión.

Cuando sonó el teléfono no era Daniella, sino el piloto que informaba que la camioneta con la Sra. Daniella aún no llegaba al aeropuerto y preguntaba si no había algún cambio de planes.

Edmund Gartner lo tranquilizó, pidiéndole que esperara. *"La Ciudad de México tiene uno de los peores tráficos del mundo y un retraso de media hora o hasta de una hora es perfectamente normal, así que no había de que preocuparse, porque no hubo ningún cambio en la agenda",* le dijo al piloto.

Al colgar el teléfono, sacó de un cajón del escritorio un teléfono celular de tarjeta pre-pagada y le marcó a John Hank. Al tercer timbrazo entró la grabación del buzón, pidiendo dejar un mensaje, informando que el teléfono del señor Hank estaba apagado o fuera del área de cobertura.

Después llamó al teléfono celular de Daniella y recibió la misma clase de respuesta.

Casi al mismo tiempo, el Senador Benny Macías llamó al Lic. Benítez solicitándole que lo comunicara con el Sr. Robert Petersen. Petersen desde donde estaba en la Recepción de las Oficinas de Los Pinos, tomó el teléfono del Lic. Benítez y se movió hacia la ventana del fondo, buscando evitar que los demás escucharan la conversación que tendría con el Senador Macías.

El Senador fue directo al punto y le preguntó a Petersen si tenía alguna noticia de Daniella. Este se mostró sorprendido de que ella no hubiera llegado a aún al avión, puesto que hacía casi una hora que había salido de ahí. Quedaron en llamarse cada 15 minutos, y si surgía alguna noticia antes, entonces se hablarían de inmediato.

Media hora después, al salir Juan de la Concha del despacho del Presidente, Petersen le informó a De la Concha que la camioneta con Daniella y John todavía no llegaba al aeropuerto, y que ya habían hecho dos llamadas con los pilotos y con Estados Unidos, sin que nadie supiera nada de ella, además de que no lograban comunicarse con los teléfonos celulares de ambos.

De la Concha le llamó de inmediato al Senador Macías.

El y Edmund estaban muy preocupados dijo el Senador. Algo serio podía haber pasado y no se podía confiar en nadie, ni de México ni de Estados Unidos, pero tampoco se podían quedar con los brazos cruzados.

De la Concha le informó al secretario Benítez, que la camioneta con Daniella y John Hank aún no había llegado al aeropuerto, no obstante que ya hacía casi hora y media que había salido de Los Pinos.

Benítez de inmediato contactó al Estado Mayor Presidencial, encargados de la seguridad de la Presidencia de la Republica.

Apenas colgando el aparato, el Coronel Ramírez se presentó ante el Licenciado Benítez. Este le pidió que contactara la policía de la ciudad para ver si tenían alguna noticia de la camioneta en la que iban Daniella y John Hank al aeropuerto.

Acto seguido, el Licenciado Benítez regresó al despacho privado del Presidente para informarle lo que estaba sucediendo. En ese momento el Presidente pidió a Benítez llamar de inmediato a su amigo y principal colaborador, el Secretario de Gobernación, así como al Secretario de la Defensa y al Comisionado Nacional de Seguridad para una reunión de urgencia a llevarse a cabo al medio día.

El Coronel Ramírez regresó cinco minutos después, esta vez acompañado de su superior, el General Gerardo Rodríguez, Jefe del Estado Mayor Presidencial, informando que había reportes de dos asaltos y un secuestro en distintos rumbos de la colonia de los Doctores y que también se había reportado un accidente con dos autos incendiados en el Viaducto en dirección al oriente, el cual había sucedido precisamente una hora antes, provocando un estancamiento del tráfico en esa vía, que ya se estaba regularizando.

Aun cuando en un principio se pensó que el retraso de la camioneta se debía al atasco del tráfico por el accidente en el Viaducto, el Coronel manifestó su preocupación por el hecho de que ninguna llamada a los teléfonos de los pasajeros y del chofer fuera respondida, y pidió unos minutos más para confirmar toda la información, al tiempo que daba la orden para que un equipo de Fuerzas Especiales de Ejercito estuviera en alerta para intervenir en cuanto recibiera la orden.

Mientras el General Gerardo Rodríguez entraba a la oficina privada del Presidente, el Coronel Ramírez se retiró para ir en busca de la última información del caso.

Ocho minutos después el mismo militar trajo la noticia de que la policía confirmaba que la camioneta asaltada y abandonada en la esquina de Dr. Vertiz y Dr. Balmis con el cadáver del chofer que la manejaba, era la camioneta matrícula XFS-346 del estado de Morelos, que llevaba a Daniella y a John rumbo al aeropuerto. Se había identificado el cuerpo encontrado como el del chofer, pero del resto de los ocupantes no se tenían noticias todavía.

La camioneta y el cuerpo del chofer fallecido ya estaban bajo control de las Fuerzas Especiales y los investigadores de la Comisión Nacional de Seguridad y del Ministerio Publico, yá interrogaban a los policías y ambulantes de rescate que llegaron primero al lugar de los hechos, así como a los testigos y vecinos del rumbo, mientras se iniciaba el análisis de las Cámaras de video de la zona, para identificar a los responsables y sus rutas de llegada y de salida de la esquina de las calles de Dr. Vertiz y Dr. Balmis.

Dos horas después alguien entrego a la policía dos teléfonos celulares muy dañados a golpes y sin tarjeta de memoria, que se cree pertenecían a Daniella y a John Hank. Ambos tenían GPS integrado, lo que hubieran permitido localizar a quien los portaba en caso de que se hubieran utilizado para hacer llamadas.

La teoría inicial de los investigadores es que se trató de un secuestro o asalto con fines de robo en el que alguien opuso resistencia y por eso se generaron los disparos. La policía de la ciudad de México estaba participando en el proceso de investigación, mediante la localización de sus informantes en esa zona, para conseguir alguna pista de lo sucedido y de los desaparecidos, aunque todos estaban muy conscientes de que en ese barrio de la Colonia de los Doctores, cuando pasan esas cosas, "nadie supo nada y nadie vió nada".

La policía, también recomendaba estar muy atentos, porque los secuestradores, si ese fuera el caso, podrían ponerse en contacto con las familias de los secuestrados para pedir rescate, pero eso podía tardar horas, meses o no pasar nunca.

Dos horas después, en una breve reunión, el Presidente recibió las últimas noticias y confirmó sus instrucciones a sus colaboradores para que se hiciera lo necesario para esclarecer este incidente a la mayor brevedad y sobre todo, para localizar y liberar sin daños a la Señora Gartner y a su acompañante.

Acto seguido el licenciado Benítez llamó de nuevo al Senador Macías para darle esa información y recalcarle la preocupación y enorme interés del Presidente para encontrar a la Señora Gartner y a los culpables de este penoso incidente criminal..

Edmund Gartner estaba desesperado.

No se sabía si atrás de esto estaba alguien desde Estados Unidos o desde México, o si se trataba de una desafortunada confusión de alguna banda de criminales o simplemente de un acto del hampa común. Esa incertidumbre era lo que más lo atormentaba.

¿Sería acaso que él mismo había caído en la trampa al mandar a Daniella a México a reunirse con el Presidente de ese país, y había creado las condiciones ideales para que se generara un caso de ejemplo público suficientemente visible e indignante de la criminalidad contra los ciudadanos estadounidenses en México, para obrar como la gota que derrama el agua del vaso y disparar así el proceso que los Halcones desesperadamente buscaban, para obtener el apoyo de los ciudadanos que los ayudara a convencer al congreso de hacer una declaración de aprobar de inmediato la Iniciativa El Álamo?

Muy a su pesar tendrían que acudir con el FBI y con la CIA.

Parecía que alguien se había adelantado y estaba llevando el juego en su terreno y con su estrategia gracias a una jugada anticipada.

En opinión de Farland y Macías, por la perfección de ejecución y el nivel de inteligencia necesario para una operación de ese tipo, se trataba de profesionales.

Ahora estaban atados de manos ya que al estar desaparecida Daniella, era prácticamente una rehén, situación que a quien fuera que estuviese detrás de todo, le permitiría controlar la conducta de cualquiera que se opusiera a la Operación El Álamo.

Por ello, Edmund Gartner tampoco podía moverse en ninguna dirección, ni oponerse en lo más mínimo. Es más, como esposo agraviado, la opinión pública esperaría que él apoyara un castigo severo a los mexicanos que realizaron este acto criminal.

Su esposa y su mejor hombre de seguridad estaban desaparecidos y al final de ese día, aun no se sabía nada de ellos.

Por obvias razones durante las primeras tres horas no se había avisado al Gobierno americano o a la embajada en México de aquel viaje de la esposa de Edmund Gartner y dos colaboradores cercanos del senador Macías para reunirse con el Presidente de México y de que pudiera haber algún problema con ellos en la Ciudad de México.

El viaje se planeó en secreto, cuidando todos los aspectos y solo Edmund Gartner, el senador Macías, el senador Farland, De la Concha y Daniella y Petersen, conocían todos los detalles del plan.

En ese momento, De la Concha recibió órdenes de quedarse en la ciudad de México en una casa de amigos, que contaba con suficiente seguridad para seguir en contacto cercano con los funcionarios y Policía mexicanos. Petersen fue llevado al Aeropuerto y regresó de inmediato a Nueva York, como el único pasajero en el avión.

Casi al mismo tiempo el Presidente de México llamó directamente al Senador Benny Macías y le ofreció todo el apoyo y discreción del Gobierno Mexicano para encontrar a Daniella y al señor Hank, pero para el Senador sus palabras, aunque fueron políticamente correctas y parecían sinceras, en ese momento de grandes dudas, carecían de credibilidad o confianza necesarias para tranquilizarlos.

En esa llamada con Benny Macías, el Presidente hizo un breve comentario sobre la conversación que tuvo con De la Concha el día anterior ofreciéndole al Senador Macías que independientemente de la investigación del incidente y búsqueda de la Sra. Gartner y su acompañante, él estaría contactándolo de nuevo personalmente antes de tres días.

Una vez terminada esa conversación, el Senador Macías le llamó nuevamente a Gartner para informarle de los avances. Acto seguido, la oficina de Edmund Gartner daba parte al FBI, avisando que la señora Daniella Gartner había desaparecido durante un viaje a la Ciudad de México, adonde fue a visitar unas amistades y que el Gobierno de México ya estaba al tanto y llevaba adelante la investigación del caso, contando con el apoyo y compromiso de las autoridades mexicanas.

# CAPITULO SIETE

## UNIDOS EN DEFENSA
## DE LA PATRIA

Esa noche, todos fueron llegando a Los Pinos para una reunión extraordinaria de Gabinete, que empezaría a las nueve en punto de ese sábado en el salón Juárez de la Residencia Presidencial.

Previamente el Presidente había hablado en forma individual con los secretarios de Gobernación, de la Defensa, de Marina, de Relaciones Exteriores, de Hacienda, con el Coordinador de Seguridad Nacional, el Presidente del Senado, el de la Cámara de Diputados, con el Procurador de la Republica, el Gobernador de la Ciudad de México, los Gobernadores de los estados fronterizos de Nuevo León, Baja California, Sonora, Sinaloa, Chihuahua y Tamaulipas, así como con el Presidente de la Suprema Corte y con el Presidente de su partido político, el PRI.

Antes de iniciar la sesión, cada uno de los asistentes firmó un compromiso escrito para aceptar nó salir de los Pinos, no hacer llamadas telefónicas o comunicarse con persona alguna en el exterior, hasta que no se decidiera lo contrario.

Esa había sido la condición que puso el Presidente a cada uno de ellos y si alguno no aceptaba, seria despedido de su cargo ahí mismo, o si era gobernador o funcionario de partido, ya no podría participar en la reunión y tendría consecuencias políticas y de restricciones de financiamiento federal muy graves.

Era un acuerdo de caballeros y todos estaban obligados a respetarlo.

Más tarde, a partir de las doce de la noche, después de esa reunión con el gabinete ampliado, el Presidente tenía previsto reunirse, yá en la madrugada del domingo, con su Coach y Ex-presidente.

Para la mañana y la tarde de ese mismo domingo 2 de Agosto, se habían previsto varias reuniones adicionales de carácter privado e individual, con otras personas que representaban a diversos sectores de la política, sociedad y los negocios del país.

En la lista estaban los máximos dirigentes de todos los partidos Políticos, de los sindicatos nacionales de los Maestros, de los empleados de Gobierno Federal, de los empleados de la Industria Petrolera, del Transporte y de los Obreros y Campesinos, de las asociaciones de Empresarios, los Rectores de la Universidad Nacional y del Instituto Politécnico Nacional, los Directores de los Periódicos y de las Cadenas de Televisión nacional, de las tres empresas más grandes en Telefonía y Comunicaciones y con el Cardenal Primado de la Iglesia Católica.

El plan era dramáticamente simple, porque no había forma de adornarlo o de presentarlo suave o sutil.

La cirugía tenía que hacerse en vivo y sin anestesia.

No había ni tiempo, ni espacio de maniobra para más.

El informe que el Secretario de la Defensa le hizo llegar al Presidente la tarde del sábado confirmaba el mensaje del Senador Macías:

En las últimas treinta y seis horas, se habían detectado algunos movimientos de tropas americanas en la frontera de Texas, como consecuencia del anuncio hecho por el Gobernador Rick Perry, para enviar hasta mil soldados de la Guardia Nacional para integrarse al Programa de Fuerte Seguridad, dirigido a la prevención de la actividad delictiva de los Carteles mexicanos en la frontera. También la llegada de más agentes Federales de la Patrulla Fronteriza procedentes de la frontera con Canadá era visible.

Los radares de los aeropuertos de Tijuana, Nuevo Laredo y Matamoros reportaban un ligero incremento en el número de vuelos militares al otro lado de la frontera.

También se había detectado un aumento del número de vuelos de aviones espía no-tripulados sobre territorio mexicano. Esos vuelos tradicionalmente se hacían en zonas específicas ya conocidas para localizar a los barcos y aviones que transportaban droga hacia los Estados Unidos y a los grupos de migrantes que se internaban llevados por los llamados "coyotes" por rutas conocidas de antemano, pero ahora también volaban a todo lo largo de los tres mil ciento ochenta y cinco kilómetros de la frontera entre ambos países.

El Consulado mexicano en El Paso, Texas, reportaba noticias de que en Fort Bliss, importante base militar americana muy cerca de Laredo, había mayor tráfico de transportes militares.

En la base naval de San Diego, ubicada en la isla Coronado de la costa del Pacifico, tres portaviones, dos acorazados, cuatro destructores, y algunos buques de apoyo se preparaban para zarpar, con motivo de lo que se anunciaba, serían tan solo maniobras de práctica regulares.

También había rumores aun no confirmados totalmente, de que algunas unidades del Ejército y de la Guardia Nacional de los regimientos de Texas, Nuevo México, Arizona y California con población mayormente Hispana, habían sido acuarteladas y se preparaba su traslado a bases militares de las islas Hawái.

Sin embargo nadie de ningún gobierno, ni local, ni estatal, ni federal, decía o sabía nada al respecto y la prensa norteamericana tampoco reportaba nada o no sabía nada.

Ese tipo de situaciones, con movimientos de tropas no eran raros, y al no haber ninguna noticia oficial, el resultado era que nadie los veía en conjunto y todo aquel que se enteraba de algo recibía la impresión de que era un evento muy puntual o local y que no se trataba de un movimiento a escala nacional.

Ese día el Presidente de México yá estaba convencido de la amenaza que enfrentaba y de que el senador Benny Macías le había hablado con la verdad.

Con los antecedentes que tenía desde su conversación con Juan de la Concha, por las pocas y preocupantes noticias que se empezaban a tener del incidente del secuestro de la Sra. Gartner y su guardaespaldas, y por los indicios de movimientos y preparativos de tropas y de equipo militar en Estados Unidos, el Presidente estaba convencido de que había que tomar una decisión siguiendo la sugerencia del senador Benny Macías, la cual por insólita que fuera, era la opción que mejor podía proteger a los mexicanos de uno y otro lado de la frontera.

La reunión a puerta cerrada empezó puntual. Los doce personajes se acomodaron en sus asientos y pasmados vieron como el Presidente les develaba con datos muy frescos de inteligencia, cómo la peor pesadilla que ni en sueños se hubieran imaginado, parecía que se estaba desarrollando para volverse una realidad.

Ya era difícil imaginarse cómo era la situación dentro de México en esos días, para poder pensar que estaba por suceder algo peor.

El Presidente les pidió no hablar, ni hacer comentarios o preguntas hasta que él terminara con su explicación iniciando de las siguientes palabras:

*"Tengo información absolutamente fidedigna sobre la alta posibilidad de que en los Estados Unidos, la facción de la extrema derecha de su Congreso pueda lograr el apoyo necesario para la aprobación en la Cámara de la iniciativa de la Operación El Álamo, lo cual implica la detención y expulsión inmediata, en un plazo muy corto, de más de un millón de mexicanos indocumentados, además de otras acciones muy serias que les comentaré a continuación".*

Cuando el Presidente terminó esa frase, todos los asistentes de inmediato se pusieron de pie. Muchos estaban indignados, otros incrédulos, alguno pensaba que quizás era una broma del Presidente, pero todos hablaban y manoteaban muy excitados sin poderse calmar.

Aunque aún no conocían más detalles de la Operación El Álamo, solo con el nombre todos se habían puesto nerviosos.

La Batalla de El Álamo es un triste recuerdo histórico para los mexicanos, ya que en ese lugar, se dio el 6 de Marzo de 1836 la feroz batalla entre el Ejercito Mexicano y las tropas secesionistas Texanas que buscaban su independencia de México, para formar parte de la Unión Americana.

Aun cuando las tropas mexicanas ganaron ese día, la batalla final en la que México perdió Texas se dio un mes después, cuando las tropas texanas, que irónicamente en su mayoría eran americanos nacionalizados mexicanos, fueron reforzadas por soldados americanos de otros estados al mando de los Generales Bowie y Barret, derrotando al ejército del General López de Santa Ana.

El Presidente los dejó desahogarse por un momento y luego les pidió que se sentaran de nuevo.

*"Aquello era muy grave y parecía catastrófico, pero había una solución, que además, podría ser de mucho beneficio para el país y para los patriotas como todos ellos, que tendrían la oportunidad de participar para llevarla a cabo"*, les dijo el Presidente retomando la palabra.

El tono en la audiencia cambió de inmediato.

Se hizo silencio de nuevo y muy atentos todos, prestaron atención a las palabras de su Presidente sobre las acciones que México habría de tomar y por supuesto, de cómo los fondos millonarios de ayuda para este plan, serian manejados en buena medida por aquel grupo selecto de mexicanos ejemplares.

*"Damas y caballeros, mexicanos todos. Esta noche tenemos la oportunidad histórica de mantener nuestro crecimiento económico y de salvaguardar la independencia de México, apoyando como nunca antes se ha hecho a nuestro pueblo, instituciones y valores"*.

*"La Operación El Álamo, prevé dos líneas de acción concretas a ser llevadas a cabo en los próximos seis meses"*:

*"La primera, es la detención y deportación inmediata de uno o más millones de indocumentados hispanoamericanos, en su mayoría connacionales nuestros, los cuales serán llevados a la frontera mexicana en un plazo no mayor de 48 horas después de su detención"*.

*"La segunda línea de acción, la cual aún no está totalmente confirmada, implica la intervención estadounidense en el lado mexicano de la faja fronteriza, para instalar y operar diez y seis Centros de Control Migratorio, que pretenden operar exclusivamente con personal de la Patrulla Fronteriza americana y de la DEA, con o sin nuestra aprobación"*.

*"Repito, ellos esperan que estos Centros estén en territorio mexicano"*.

A continuación y en consonancia con la propuesta inicial de estrategia y planes de acción que recibió del Senador Macías y que posteriormente el mismo ajustó y modificó para alinear todo con los objetivos, ideas, estilo y condiciones muy particulares de su Gobierno y del ambiente político y social de México, el Presidente les dijo:

*"Tenemos que movernos rápidamente en tres ejes, en los que esperamos contar con la colaboración de gran número de instituciones del Gobierno Federal, de los Gobiernos Estatales y de los sectores Social y Privado de nuestro país".*

*"Los tres ejes de esta estrategia de defensa de la Patria son":*

*"El diplomático, el mediático y el militar, los tres apoyados en su base por la siguiente Plataforma Nacional de Acción Ciudadana por México".*

*"Esta Plataforma Nacional debe de estructurarse e iniciar operaciones en las próximas dos semanas".*

*Anuncio a todos ustedes mi decisión de nombrar al Lic. Ramiro Fernández López, hasta ayer subsecretario de Gobernación, como presidente de la Comisión para la creación y ejecución de la nueva Plataforma Nacional de Acción Ciudadana".*

*"Todos los sindicatos nacionales, independientemente de su afiliación partidista, todas las asociaciones institucionales, empresariales, de comercio, todas las universidades e instituciones de educación superior y todos los grupos cívicos, además de voluntarios que se unan, serán integrados a esta Plataforma".*

*"También estoy nombrando al General Amadeo Cobos como Director operativo de la Plataforma de Acción Ciudadana por México".*

*"Las instrucciones al Licenciado Fernández y al General Cobos incluyen el otorgar una ayuda económica directa semanal a cada participante, de un bono de apoyo a sus familias, el cual será entregado en sus localidades de origen".*

*"Estoy nombrando asimismo a nuestro amigo Francisco Carreón, hasta hoy ejecutivo de la Cadena Televisora, como Director de Promoción, Medios y Redes Sociales de la Plataforma de Acción Ciudadana por México. En este siglo XXI las redes sociales como bien saben son la herramienta poderosa para llegar a las masas y motivarlas a tomar acción, en adición a la prensa, la televisión y al radio".*

*"Queremos que todos los mexicanos, se sientan entusiasmados por la posibilidad de defender pacíficamente a México y a nuestros conciudadanos frente a la amenaza de una minoría extranjera de extrema derecha y que los millones de ciudadanos del mundo, sepan y vean en vivo, de primera mano y en tiempo real, las amenazas y la heroica defensa que nosotros los mexicanos estaremos haciendo en forma pacífica de nuestra patria, nuestra gente y nuestros valores y para ello, para su difusión y comunicación interactiva el Ingeniero Francisco Carreón, al frente de un selecto grupo de estudiantes avanzados de informática y comunicaciones de la UNAM y del IPN, integrados a TV UNAM desarrollaran una campaña mundial de comunicación y medios, apoyados por las cadenas nacionales de Televisión Abierta y de Cable y en forma importante, por las dos empresas mexicanas con cobertura de Red 4G en todo el país".*

*"Esta Plataforma tendrá un Consejo Consultor conformado por todos ustedes".*

*"En reuniones separadas con los Señores Secretarios de Relaciones Exteriores, Gobernación, Defensa Nacional y Marina estaremos trabajando las estrategias específicas de los tres ejes que mencione inicialmente, el Diplomático, el Mediático y el Militar".*

*"Pero hay una condición muy especial que nos obliga a mantenernos aislados aquí y en absoluto silencio hacia el exterior por las próximas cuarenta y ocho horas".*

El Presidente continuó,

*"Por ahora lamentándolo mucho no les puedo dar más detalles al respecto de esta condición y me comprometo sinceramente a levantar la cortina de silencio a la mayor brevedad posible, apelando a su confianza y patriotismo para apoyar esta causa patriótica y guardar absoluto silencio por cuarenta y ocho horas más".*

*"El Problema de último minuto es algo adicional que ya se está manejando, pero por el momento no les permite seguir adelante hasta que no se resuelva positivamente".*

*"Este problema está siendo causado por un incidente muy específico y particular, que recién sucedió en esta ciudad con una dama muy importante, esposa de un empresario norteamericano muy influyente en el Gobierno y en el Congreso de los Estados Unidos, quien además tiene un grado muy alto de participación en el Plan que el Partido Demócrata americano está trabajando para oponerse internamente en los Estados Unidos a que se consiga la aprobación legislativa de la Operación El Álamo".*

*"Ella vino de turista a México por dos días.*

*El chofer que la llevaba de regreso al Aeropuerto se perdió o confundió y se metió a la Colonia de los Doctores, donde fue secuestrada y aún no sabemos nada de ella".*

*"¿Por qué eso es un problema?"* se adelantó a preguntar el Presidente.

*"Pues sencillamente porque esa dama es la esposa del hombre que estará abriendo los fondos millonarios para el financiamiento de las acciones de la Plataforma Nacional*

de Acción Ciudadana por México que acabo de anunciar y mientras ella no aparezca, difícilmente habrá dinero".

"Así que tenemos que encontrarla y muy pronto, para lo cual estamos yá estamos trabajando a todos los niveles del Gabinete de Seguridad y con el Regente de la Ciudad, y les aseguro que vamos a encontrar a esta Dama muy rápido".

"Los responsables, al nivel que sea, tendrán un castigo ejemplar", concluyó el Presidente, su ultimo comentario, que en cierta forma llevaba un mensaje a advertencia en caso de que alguno de los presentes tuviera cualquier tipo de involucramiento con el ataque y secuestro de la señora Gartner.

A las doce horas con cincuenta minutos de la noche terminó la reunión.

En un salón adjunto había un servicio de cena y en la planta alta había diez recamaras preparadas con todo el mobiliario y servicios para que los invitados pasaran la noche en Los Pinos.

Al día siguiente, domingo dos de agosto, estaba programada tentativamente la llegada de otros personajes importantes para reunirse inicialmente en privado con el Presidente y con el Secretario de Gobernación y después integrarse al grupo inicial. Estas reuniones habrían de confirmarse a durante la mañana en función de los avances de la investigación del secuestro de la Colonia de los Doctores y de la confirmación por parte del Senador Macías, sobre la disponibilidad o nó, de los fondos financieros de apoyo a la Plataforma Nacional de Acción Ciudadana

Esa noche del sábado, entre muchos otros, el Presidente, el Senador Benny Macías y el Senador Philip Farland así como Mr. Edmund Gartner III y por supuesto su esposa Daniella, difícilmente pudieron dormir.

# CAPITULO OCHO

## ¿ADONDE ESTOY AHORA?

*¿"Quiere agua"?,* dijo una voz. Ella dijo *"si, gracias".*

Una mano le acercó un vaso con agua que ella tomó y bebió de inmediato hasta dejarlo vacío. La oscuridad total había dado paso a una penumbra que permitió a Daniella ver donde estaba y con quien estaba.

La habitación parecía una sala de estar, pero con dos camas, una pequeña mesa con tres sillas, un viejo televisor apagado, dos cajas de cartón a un lado y una cómoda con cajones.

A la izquierda, vió un cuartito pequeño habilitado como cocina y al fondo tal vez había un baño, pero la puerta estaba casi cerrada y solo se podía ver un poco del muro recubierto de mosaicos.

No había más muebles. La ventana estaba cubierta con una gruesa cortina oscura y un foco colgado del techo al centro de la habitación, estaba apagado.

Daniella percibía en aquel estrecho lugar un extraño olor a tabaco que no recordaba haber olido, desde cuando pequeña la llevaban a casa de su Abuelo Rafaello.

Había dos hombres. Uno joven, de pelo rizado y ojos muy oscuros. Poco más alto que ella y aunque delgado se veía fuerte. Traía una barba de varios días, su aspecto era agradable. Ese hombre era el que la había rescatado de la camioneta y traído hasta este lugar.

El otro hombre era de más edad. Canoso, de cabello abundante, con un grueso suéter de lana, ojos que parecía que fueran claros y una mirada muy intensa.

Era alto y espigado, tenía la piel quemada y curtida por el sol y con una pipa en la mano, observaba a Daniella con el rabillo del ojo, al mismo tiempo que intentaba encender su pipa llevándosela a la boca, mientras con la otra mano, encendía un mechero desechable de gas.

La cara de aquel hombre se le hacía extrañamente familiar a Daniella, pero no podía recordar adonde la había visto, si es que eso era posible.

*"Mira lo que me encontré en la balacera de hace rato en la esquina de Balmis.*

*No se quienes serán esos gueyes, pero esta chava venía con ellos en una camioneta".*

*"Al que venía manejando lo mataron".*

*"Al otro que parecía gringo, se lo llevaron secuestrado y a esta señora la dejaron ahí en el asiento de atrás".*

*"Yo creo que ni la vieron, porque fueron directitos por el gringo.*

*Yo me la traje, porque chance se regresan y se la echan también",* dijo el joven, dirigiéndose al hombre de la pipa, mientras se servía también un vaso de agua de la jarra que estaba sobre la mesa.

*¿"Y usted quien es, niña"?* pregunto el hombre de la pipa, sin dejar de chuparla, no importándole que las primeras bocanadas de olor a tabaco inundaran de inmediato aquel cuarto cerrado.

*"No me diga que es gringa, porque no lo parece, aunque en estos tiempos de la globalización ya no se sabe".*

*"¿Que andaba haciendo en estos rumbos tan peligrosos?"*

*"Mi nómbre es Daniélla"*, dijo ella".

*"¿De casualidad es argentina?"*, la interrumpió de inmediato el hombre de la pipa.

*"Si señor"*, dijo ella.

*"Como el Che Guevara, entonces. Pero usted no parece muy revolucionaria que digamos. Se ve muy fresa, como dicen por acá".*

*"¿Anda de turista?"*

*"¿O vino a comprar refacciones de carro robadas, mariguana o éxtasis?, porque eso es lo único que se consigue por estos rumbos, bueno además de balazos y puñaladas, como yá se habrá dado cuenta".*

*"Íbamos camino al aeropárque, hubo un accidente y nos hán desviado. El chofer se ha metido por acá y de pronto nos asaltáron".*

*"Se han llevado a mi compañero, pero no sabría decirle a Vos quiénes fueron, porque iban enmascarados y yo me tiré al piso del auto cuando todo empezó". "Despúes llegó este pibe y me sacó de ahí".*

*"¿Tenés un teléfono que pueda yo usar para avisar que estoy bien?"*

Daniella dijo todo eso recalcando el hablar y acento porteño, para tratar de transmitirle a aquel hombre, que ella era una turista común y corriente, de clase media.

*"No mijita, usted va muy de prisa. Ya vi que está herida. No ve usted que tiene sangre seca por muchos lados".*

*"Seguro que es del chofer",* dijo el joven, *"porque les dieron con todo."*

*"Porque no pasa al baño y se asea. Si quiere bañarse hágalo, pero aquí no hay ropa limpia para que se cambie y mucho menos, así de fina como la que trae puesta"* le dijo el "hombre de la pipa".

*"No gracias, señor. Yo lo que quiero es poder llegar al aeropuerto porque voy a perder mi vuelo".*

*"Oiga niña. Usted está muy trastornada por el asalto. Como se quiere ir al aeropuerto en esas fachas; herida, toda sucia y llena de sangre. Creo que mataron a uno de sus amigos y al otro, parece que lo secuestraron".*

*"Usted cree que la policía la va a dejar salir así nomás, sin boleto, ni pasaporte y tan tranquila tomar su avión a Argentina.*

*Y a usted, ¿que acaso no le importa la suerte de su amigo el gringo ese que se llevaron los pistoleros?*

*No, no. Usted necesita tranquilizarse y ver las cosas con más calma. Créame, límpiese la cara por lo menos",*

*"¿Ya comió?, aunque me imagino que lo menos que tiene en este momento es hambre".*

Daniella entró al baño. Era muy pequeño pero limpio. Prendió un foco con interruptor de cadena que estaba arriba de un espejito y cuando se vio la cara, pegó un grito.

Estaba toda cubierta de polvo, sangre seca y manchones de tierra con algo así como grasa del auto.

Cerró la puerta con una aldaba que tenía por dentro y se lavó la cara con el agua fría que salía de la llave del lavabo.

Cuando Daniella abrió la puerta de nuevo y salió del baño, ya no estaba el joven que la trajo hasta ahí, solo estaba el hombre de la pipa, que seguía sentado fumando en la silla junto al televisor apagado.

*"Mire mijita, hay policías por todos lados de la Colonia de los Doctores. Ni a usted ni a mí, nos conviene enredarnos con ellos en este momento, así que se va a estar quietecita aquí adentro hasta mañana".*

*"Yo voy a salir al ratito, pero regreso mañana a primerita hora. Para entonces, espero que ya se haya ido la policía y la podamos llevar a donde más convenga, pero esta noche se queda aquí".*

*"Pronto van a llegar dos compañeras que la van a cuidar. Le traen ropa limpia y algo de comer. Se quedarán aquí con usted. Le advierto que no va a ser ropa así fina como la suya, pero peor es nada, ¿no cree?"*

Un poco más tarde tocaron a la puerta y al abrir el hombre de la pipa, entraron dos mujeres muy jóvenes, vestidas como muchas mujeres de campo mexicanas.

Una llevaba pantalones vaqueros ya muy gastados y la otra, un vestido de algodón muy sencillo. La de los jeans, que parecía ser la mayor, traía una bolsa grande de plástico de la que sacó un vestido y un suéter usados, así como unos zapatos tenis gastados. La otra, traía una bolsa con hamburguesas, compradas recientemente en algún McDonald's del rumbo.

Daniella pudo ver que en el fondo de la bolsa de la ropa, cuando la vaciaron aún quedó una pistola.

Después de comer, Daniella se recostó en la pequeña cama que estaba junto a la puerta del baño, mientras las dos mujeres que casi no hablaban, veían telenovelas.

Luego se fue quedando dormida, sin todavía darse cuenta de que ese había sido el día más terrible de su vida.

Despertó temprano. Cuando abrió los ojos y se incorporó, la mujer de los jeans que estaba sentada en el suelo, en un rincón, también se paró sin decir nada. Daniella le dió los buenos días y se metió al baño. Además de lo sucio y la sangre, Daniella esperaba poder quitarse el olor al tabaco de la pipa que fumaba aquel hombre, ya que aunque él no estuvo ahí durante la noche, aquel reducido lugar ya estaba impregnado.

*"Llévese la ropa pa'que se cambia con esta muda"* le dijo la mujer entregándole la ropa limpia que había traído. Con el ruido de la puerta al abrirse, la otra mujer también despertó y se levantó de la otra cama, en la que estaba acostada.

Daniella se bañó y cambió con la ropa limpia. No podía creer que estaba vestida de esa forma, pero la ropa le quedaba holgada y los zapatos no le apretaban mucho.

Media hora más tarde regresó el "hombre de la pipa", con un frasco grande lleno de jugo de naranja fresco, que había comprado en el puesto de jugos de la esquina.

La mujer joven ya estaba preparando café y de algún lado salió un paquete de donas Bimbo, que todavía estaban comibles.

Después de aquel desayuno, las mujeres se fueron tan silenciosas como llegaron, sin nunca mirar a los ojos a Daniela, ni hablarle más que para lo mínimo indispensable.

Es más, parece que la más joven nunca le dirigió la palabra a Daniella en todo ese tiempo y solo intercambió algunas frases muy breves con la otra mujer, en un dialecto indígena que Daniella no entendía.

Cuando estuvieron solos de nuevo, el "hombre de la pipa", que la traía apagada a esas horas, le pregunto a Daniella como había dormido y como se sentía. Luego, sentándose en la silla del rincón, volvió a intentar encender su pipa, afortunadamente para Daniella, sin éxito.

Con ella entre los dientes y mirando por encima le dijo a Daniella:

*"Ya sé quién es usted mijita. Mire nomás, si usted es la esposa del millonetas Gartner, el de las televisoras gringas".*

*"Que dizque andaba usted de turista por acá, me dijeron por ahí, pero también me dijeron que toda la policía y el ejercito la está buscando"*

*"¿Usted sabe por qué la buscan con tantas ganas?"*

*"Porque asaltos y secuestros de gringos y de no gringos, hay todos los días."*

*"No señor, no sé decirle. Lo que le pido, es que me lleve a algún lugar para hablarle a mi esposo y le prometo, que a nadie le digo que estuve aquí, pero ayúdeme, por favor. No ve que debe de estar muy preocupado sin saber de mi"*

*¿Vos me vas a ayudar?"*

*"Solo puedo ayudarla si me cuenta toda la verdad. Ya vio que rápido supe quién es usted"*

*"Es que esa es la verdad, señor. No le estoy ocultando nada más".*

*"Mire, mijita, usted tiene mucha, pero mucha suerte".*

*"Ayer Dios le salvo la vida en la balacera, luego el Doctorcito la rescató y la trajo hasta acá, después la escondimos para que nó la encontrara la policía, porque ni usted ni yó estamos seguros si los que les dispararon eran también policías"*

*"¿Dígame, que carambas hacía en Los Pinos muy de mañanita, antes de salir para el aeropuerto, porque de allá venia, o no?"*

*"Porque no creo, que usted también sea de las que pasan la noche en la cama con cualquiera, aunque a estas alturas de la vida, uno nunca sabe, ¿no le parece?"*

Daniella no sabía que más decir. Su plan de aparentar ser una víctima inocente no estaba funcionando, porque este hombre tenía más información de lo que se imaginaba y estaba jugando sus cartas, para llevar el juego a su favor.

*"Me va a perdonar, pero no la puedo llevar, ni dejar en ningún lado. Su vida peligra, con ella la mía y la de mucha otra gente, que no tiene nada que ver con usted, ni con sus millones, ni con Wall Street, pero si con el hambre, la ignorancia, la corrupción y la injusticia, que por generaciones han sufrido los pobres y los indígenas de este país"*

*"Eso tal vez a usted no le importe, pero a mí sí y por salvarle el cuero, no nos vamos a exponer, así que se va a aguantar y va a tener que hacer las cosas como yó le diga, si no quiere que la mate un policía o algún otro desgraciado, o tal vez uno de los nuestros, que si se llega a sentir en peligro, pues no lo piensa dos veces y se la quiebra por delante".*

Daniella recordó el arma que traía la mujer y por alguna razón inexplicable, le creyó a aquel "hombre de la pipa".

El "hombre de la Pipa" espero media hora más en silencio, sin que Daniella se atreviera a hablar y sin que el preguntara más.

Sacó un gastado libro del bolsillo, de una chaqueta que estaba colgada de un clavo en la pared y se puso a leer chupando su pipa apagada.

Por hablar de algo, Daniella le preguntó al hombre adonde estaba el joven que la había rescatado.

*"Él ya va camino a Chiapas, mijita. El Doctorcito Andrés, solo vino a Chilangolandia para recoger unas cajas con instrumental, vacunas y otros medicamentos que nos regalaron y ya debe de ir de regresó con ellas.*

*Ese muchacho es médico y está ayudando a curar a nuestra gente en la sierra. Por eso, fue a meter las narices en su camioneta cuando la balacera, porque pensó que alguien podía estar herido. Ya sabe cómo son los jóvenes y si son médicos, pues mucho peor".*

*"Por eso le digo que usted tiene mucha suerte. Yo estaba aquí, porque vine a ver a los compañeros de Puebla y de Morelos y él se me pegó, para acompañarme y vea nomas, ahora me tengo que tragar la bronca de cargar con usted, mijita"*

*"Pero no se preocupe, que en treinta años de andar peleando en la sierra, me he podido librar de cosas peores".*

Las dos mujeres regresaron más tarde con comida, algo de ropa usada, unas chamarras de nailon con capuchas y tres mochilas usadas tipo back-pack, que ya traían adentro una gorra beisbolera, una frazada, unas latas de atún, galletas y dos botellitas de agua.

Al oscurecer, le dieron a Daniella una de las mochilas, unos pantalones amplios que le quedaron flojos, pero aun así se los puso y una de las chamarras.

Todos juntos y sin hacer mucho ruido, salieron cerrando la puerta con llave y caminando llegaron al Eje Vial más cercano, que hasta algunos años antes se llamó Avenida del

Niño Perdido, nombre que tuvo desde la época de la Colonia Española.

Intenso tráfico y ruido, con los miles de luces de los autos, camiones, vitrinas y los puestos en las banquetas de tacos, tortas, hot-cakes, elotes, cigarros, refrescos, periódicos y mil y una cosas fue lo que Daniella descubrió caminado junto el "hombre de la pipa" por esa concurridas calles.

Había gente caminando por todos lados.

Regresaban a sus casas después de un día de trabajo o de la escuela, o bien salían con los amigos, o con la novia, o a tomar algo, o al cine, o simplemente a dar la vuelta o "a echar el rol", como se dice en esta ciudad.

En las esquinas, al ponerse la luz de alto, como por magia, entre los autos detenidos que esperaban la luz verde, surgían malabaristas, niños acróbatas, payasos, limosneros, vendedores de flores, de chicles, de tarjetas de teléfonos celulares, de juguetes de plástico "made in china", de refacciones para auto y de todo lo inimaginable.

Caminaron directamente a una parada de autobús y ahí se subieron a un atestado camión que siguió por la misma avenida, luego dio mil vueltas e hizo mil paradas, hasta llegar casi una hora después, a las puertas de la Terminal de Autobuses Foráneos del Valle de México, que es así como se llama una enorme estación, que en el extremo de la ciudad, da servicio a todos los autobuses de pasajeros que salen de la Ciudad de México rumbo al Norte del país.

La mujer de más edad, que ahora traía puesta una gorra de los yanquis de Nueva York, compró los pasajes de la línea Transportes del Norte, en una corrida que yá estaba casi por salir hacia Nuevo Laredo, mientras que el "hombre de la pipa" hablaba discretamente en un rincón, con otros tres hombres enchamarrados, que al verlo, se acercaron y lo saludaron con un abrazo.

Ese viaje de más de mil kilómetros duraba toda la noche.

Daniella, sentada junto a la mujer de la gorra de los yanquis, se acomodó en un asiento de ventanilla y no tardó en dormirse, arrullada por el ruido del motor del autobús.

A las doce de la noche, una mano tocándole el brazo la despertó.

*"Despiértese, que aquí nos bajamos"* le dijo la mujer.

*"Pero si todavía no llegamos"*

*"no importa, bájese y cállese por favor"*

Estaban en otra estación de autobuses, en otra ciudad y Daniella no sabía porqué habían bajado del autobús.

En este lugar también había varios hombres con chamarra y sombrero de palma, que al ver al "hombre de la pipa" bajando del autobús, se acercaron con prudencia para saludarlo con afectuosos abrazos, mientras hablaban entre ellos con voz muy baja.

Las mujeres se sentaron en una banca y fueron al baño de una por una.

La grande acompañó a Daniella y cuando regresaron, el "hombre de la pipa" las despidió y se quedó solo con ella.

Él yá tenía en la mano dos boletos para otro autobús diferente.

Lo único que aquel hombre le dijo a Daniella en ese momento fue:

*"Mijita apúrele, que nos vamos pa'Hermosillo".*

# CAPITULO NUEVE

## PA'L NORTE CON EL "HOMBRE DE LA PIPA"

Saliendo de aquella ciudad en el segundo autobús, Daniella alcanzó a ver a un lado de la carretera un letrero verde iluminado que decía: "Gracias por su vista, regrese pronto a San Luís Potosí".

Diez horas después, con tres escalas de media hora, el autobús llegó a la ciudad de Hermosillo, en el norteño estado de Sonora.

Aquello era un horno. Seguramente el termómetro estaría marcando arriba de treinta cinco o cuarenta grados centígrados.

Casi no había autos ni gente circulando por las calles a esa hora de la tarde.

Tomaron un viejo taxi sin aire acondicionado, que los llevó un buen rato por toda la avenida Xolot a un domicilio situado al fondo de una polvosa calle de tierra en las afueras de la ciudad, muy cerca de un poblado llamado Rancho Las Víboras.

Iban siguiendo las instrucciones qué el "hombre de la pipa" traía apuntadas en un papel para llegar a la casa de un hombre que le habían recomendado sus amigos, como alguien de su entera confianza.

Este hombre con el que en breve se encontrarían era conocido como "Pollero", por dedicarse a cruzar ilegales a los Estados Unidos por el desierto en las cercanías de Nogales, Arizona.

La casa a la que llegaron era modesta. Afuera había dos camionetas de doble tracción bastante usadas, paradas debajo de la sombra de un gran árbol de pirúl. También había perros que ladraban y por algún lugar se oía el cacareo de gallinas.

Al llamar a la vieja puerta de madera un hombre alto y gordo con jeans y botas vaqueras salió a recibirlos.

*"Pasen a la sombra"* dijo extendiéndole la mano al "hombre de la pipa".

*"Es un honor tenerlo aquí. Me hablaron ayer pa'visarme que venía".*

*"¿Dígame, a qué horas quiere salir?".*

Daniella entró en silencio viendo con curiosidad aquella casa que no obstante ser modesta y de campo, frente al viejo y gastado sofá de la pequeña sala tenía una enorme televisión plana de por lo menos 120 pulgadas con el sonido a alto volumen, en la que se veían escenas de una telenovela, que una mujer canosa cubierta con un delantal verde veía asomándose por la puerta abierta de lo que parecía ser la cocina.

Casi como dando una orden, el "hombre de la pipa" le respondió al Pollero:

*"Necesitamos llegar al otro lado lo antes posible, pero eso sí, con el menor riesgo posible. Nomás que como le habrán informado los Pimas, nó vamos a cruzar con usted".*

*"Sí señor, eso mero me dijeron ellos cuando me llamaron por teléfono ayer",* Dijo el hombre casi gritando.

*"Entonces llévenos primero a Caborca pa ´encontrarnos con los amigos Pimas, y de ahí ellos ya nos dirán que rumbo quieren tomar"* le respondió el "hombre de la pipa".

El Pollero abrió los ojos y con cara de apurado se dio vuelta y caminó tres pasos para apagar de un manotazo la televisión. De inmediato se dio vuelta para responderle al de la pipa

*"Ah, caray, pos no estamos preparados pa´subir a la sierra, oiga. Pero ahorita mismo lo arreglamos".*

*"Yo siempre agarro mi ruta derecho por puro llano hasta llegar cerca de Nogales y por ahí ya tengo unos cruces, y ya del otro lado, me meto al desierto hasta agarrar la carretera 19 rumbo a Tucson, pero por lo que usted me dice, primero vamos a tener que treparnos bien arriba de la Sierra hasta Magdalena Kino, pa' luego movernos hasta Caborca y de ahí, yo creo que con los Pimas van seguir bajando por la carretera que vá a Pitiquito y luego llega hasta Altar. ¿Entendí bien?".*

*"Eso creo",* le respondió el "hombre de la pipa" con cierta duda sobre la compleja explicación de la ruta que le dió el Pollero.

*"Espérenme aquí en la sombrita, que voy recoger a los dos Pimas que nos van a acompañar. Le ponemos gasolina a estos muebles y regreso en dos horas por ustedes, así sirve que baja un poco la calor".*

*"Oiga amigo"* dijo el de la pipa, *"no nos vaya a fallar, que hoy en la noche quiero reunirme con los compañeros Pimas, para mañana estar cruzando pa´l otro lado, pero le repito, todo bien seguro y sin problemas".*

*"Ni lo mande Dios fallarle a usted, si los amigos de mis amigos son mis amigos, pierda cuidado y refrésquense, que ahí hay unas sodas frías y si quieren una Tecate o una Carta, pues también hay en la hielera que está bien llena de chelas frías".*

*"Lléguele con confianza, que esta es su casa, amigo"* dijo aquel hombre mientras se trepaba a una de las camionetas, para arrancar por el camino levantando una nube de polvo y tierra, que hizo correr a los perros hacia el fondo del terreno, no sin antes asomarse a la cocina y pegar un grito diciendo:

*"Vieja, vengo al rato, ay atiende a los amigos pa´lo que se les ofrezca".*

Mientras el Pollero salía, el "hombre de la pipa" volteó hacia Daniella diciéndole:

*"Siéntese mijíta, que este hombre tiene razón. Hay que esperar que baje el calor antes de meternos al desierto de Sonora para luego subir a las montañas de la sierra".*

*"Las tierras de los Pimas en medio del desierto son el lugar menos vigilado para cruzar la frontera, pero también es uno de los más peligrosos".*

*"Está lleno de coyotes de dos y de cuatro patas".*

*"Están la Migra y los rancheros gringos, que salen por la noche a cazar ilegales desde sus camionetas, disparándoles con rifles de alto poder y tomando cerveza."*

*"También están la sed y el frío, el calor y el hambre y por supuesto los "polleros", como este hombre. Unos son honrados y otros son ladrones".*

Daniella se sentó en una de las sillas que estaban a un lado, guardando silencio y tratando de entender todo lo que estaba pasando. Le decían que la iban a ayudar, pero de alguna forma se sentía como si estuviera secuestrada en un lugar extraño y apartado y rodeada de gente que no conocía.

*"Pero no se preocupe, porque además de todo eso no hay más riesgos, aparte por supuesto de las víboras de cascabel y de uno que otro violador escondido en las cañadas",* dijo al

final el "hombre de la pipa" esbozando una sonrisa socarrona, mientras continuaba hablándole a Daniella.

*"En esa sierra a la que vamos a subir primero, que es la misma Sierra en la que yó vivo, nomás que a muchos kilómetros más al sur, también tengo buenos amigos.*

*Son los indios Pimas, de los que hemos estado hablando con el Pollero. Ellos, los Pimas viven ahí desde antes de la conquista española".*

*"Fueron colonizados y luego los evangelizó Padre Kino, un monje jesuita italiano que era cartógrafo del rey de España. El Padre Kino fundó Caborca en 1693 y también muchas de las Misiones de Sonora y Arizona, que son esas capillas coloniales que ahora los gringos admiran tanto".*

*"Así que mijíta, prepárese, porque la jornada va a ser larga y pesada.*

*Como yá dije, el Pollero solo nos va a acercar a la frontera, pero con él no la vamos a cruzar. Vamos a cruzarla con mis amigos los Pimas".*

*"Hay que prepararnos, porque caminar por el desierto de noche es muy cansado y de día es peor".*

*"¿Puedo preguntárle álgo, señor?*

*"A ver dígame usted, Mijita",* le respondió el "hombre de la pipa"

*"Porque le decís Polléro a este hombre. Vi algunas gallínas por ahí, pero no tantas como para llamarle Polléro al hombre, ¿no es ciérto?".*

*El de la pipa no se aguantó la risa y se echó hacia atrás cerrando los ojos para soltar una sonora carcajada.*

*"Ahora si me hizo reír en serio mijíta. Tiene razón, hay pocas gallinas pero también hay algunos pollos por ahí, pero al hombre la decimos Pollero, porque sencillamente eso es.*

*Es un Pollero, porque esos son las personas que se dedican a llevar indocumentados a escondidas pal'otro lado. Tienen sus caminos secretos y muchos de ellos están transados con algunos policías de este lado y hasta con algunos de la patrulla fronteriza de los americanos".*

*"Por eso el Pollero, pues es Polléro, como usted le dice. Señora Daniella".*

*"¿Y vos cómo sabés quién soy?, ¿Quién sos vos?, ¿Por qué me está ayudando?",* le preguntó de pronto Daniella.

El volvió a sonreír, sacó su pipa, volteó un viejo ventilador eléctrico que estaba en el piso, para que el aire les diera más directo y le dijo a Daniella:

*"A ver mijíta, cómo se lo explico.*

*¿Cómo supe quién es usted?, pues porque pregunté por ahí a mis amigos y ellos, cuando pueden, pos me cuidan y me ayudan, aunque a veces me tienen que perseguir.*

*Ellos me dieron mucha información. Creo que más de la que se imagina"*

*"¿Qué quién soy?"*

*"Eso sí me tomaría varios años explicárselo. Solo sepa que alguna vez tuve una vida digamos normal. Yo era profesor, ¿usted cree eso?".*

*"Estudié, trabajé y trataba de lograr metas tan comunes y corrientes como las de cualquier persona, es decir, casarse, tener una casa, hijos, un carro, que sé yo".*

*"Un día me di cuenta de que muchas cosas en mi país y en mi forma de vida estaban mal, así que dejé todo y me fui a la sierra, a las montañas de Chiapas".*

*"Empecé a trabajar con la gente de las comunidades indígenas, que por siglos han estado abandonadas y explotadas por todos los gobiernos, desde los de la Colonia Española hasta el de su amigo, el famosísimo Presidente que nos dice que se esfuerza por mejorar a los pueblos indígenas pero casi no logra nada".*

*"Mucho tiempo fuí pacífico y paciente, pero cuanta promesa nos hicieron la rompieron.*

*Después, como grupo, tomamos la decisión de levantarnos en armas en la Sierra Chiapaneca".*

*"Eso fue el día Primero de Enero de 1994, o sea que yá llovió bastante desde entonces, a partir de ese día, nos convertimos en los "guerrilleros zapatistas", en forajidos, como ellos nos dicen".*

*"Nos toleran, porque les damos pretexto para cacarear que en México hay democracia y libertad y que aceptan la disidencia, pero siguen sin cumplirnos las promesas más básicas de educación, salud, trabajo y autogobierno, para quitarnos de encima la explotación y la corrupción. Nos han dado aspirinas y palos, palos y aspirinas, pero nunca la medicina completa".*

*"Ese, soy yo mijíta, el nombre no importa porque soy uno de muchos.*

*Todos esos hombres y mujeres que usted ha visto aquí y allá hablando conmigo, están con nosotros y pertenecen a diferentes comunidades indígenas de este país."*

*"Hemos esperado mucho para tener una posibilidad real de triunfo, y justo ahora, después de más de veinte años*

*he llegado a la sabia conclusión de que para lograr lo que buscamos nos faltan dos cosas muy importantes: Nos falta dinero y no tenemos el apoyo de los americanos".*

*"¿no le parece curioso que hable yó, de que nos falta el apoyo de los Gringos?"*

*"Pues si Fidel, Chávez y hasta los Talibanes en su momento lo tuvieron, ¿nosotros porque no, digo yó?"*

*"Siempre he pensado que nosotros los "zapatistas", debíamos iniciar en México una revolución distinta a la de hace cien años, no en la cuestión armada, sino de otra forma, una que transforme el sistema político y reinvente al país y para lograr eso, en este siglo XXI se necesita más que balazos, se necesita mucho "money" mi'jita".*

*"Eso, lo aprendí después de muchos años. Me pasó algo como lo que decía mi abuela: A la vejez, viruela".*

*"Para llegar a estas conclusiones, primero créame que me costó mucho trabajo y frustración entender cuáles son las verdaderas fuerzas que mueven las decisiones políticas en el mundo".*

*"Dejé yá de ser un Don Quijote y ahora soy pragmático, además no nos queda de otra mi'jita. Lo hacemos así, o nó lo hacemos nunca. Yo llevo ya más de veinte años intentándolo".*

*"¿Qué porque la estoy ayudando?, pues por dos razones".*

*"La primera yá se la dije. Gracias al Doctorcito Andrés, usted se metió en donde no debía y ahora tenemos que salir juntos de la bronca, si no, nos embarramos nosotros también".*

*"La segunda razón es usted. Cuando mis amigos me empezaron a decir quién es usted, tuve una idea loca, algo así como un sueño romántico, de esos que le dije que yá no tengo, porque soy pragmático".*

*"Y qué le parece, que sí tuve un sueño maravilloso y tengo una esperanza con usted, pero no me lo tome a mal por favor, yo ya estoy grande pa'esas cosas, aunque usted no canta mal las rancheras como se dice por acá".*

*"Pues sí, tengo esperanza de que con usted podamos lograr algo bueno.*

*Por algo Dios la puso en nuestro camino."*

*"¿pero cómo pensás vos que yó puedo ayudar?",* dijo Daniella

*"Mire señora Daniella, creo que usted sí nos puede ayudar para lograr nuestras metas de justicia y reivindicación de los indígenas y los pobres de este país.*

*Y verá, ahora mismo se lo explico clarito, para que no piense que le estoy echando puro rollo, como los discursos de los políticos."*

*"Después de todo mijíta, nosotros la hemos estado ayudando a usted".*

*"Le salvamos la vida en la Ciudad de México y la voy a llevar a su casa completita, si es que tenemos suerte con este Pollero y con mis amigos los indios Pimes".*

*"¿Usted alguna vez fue pobre, bien pobre o ha estado de veras con los pobres, bien pobres?"*

*"Con esos que en su vida reciben una vacuna, o no tienen oportunidad de ir a una escuela y que en muchos casos, a pesar de ser mexicanos y a veces están tan aislados que en su pueblo o en su casa, no se habla el castellano".*

*"Que los hacen trabajar en las plantaciones de café o talando bosques milenarios en lo que eran sus propias tierras desde siempre y en las que ahora les pagan una miseria, o*

*les dan parte de la paga con aguardiente barato, pa'que se embrutezcan".*

*"Donde muere uno de cada tres niños ya sea en el vientre de su madre, al nacer o antes de cumplir los diez años y las niñas son embarazadas, en muchos casos desde los doce o trece, y tienen cuatro o seis embarazos para llegar viejas a los cuarenta, si es que no se las roban en la adolescencia para dedicarlas a la prostitución".*

*"Donde desde que nacen, saben que no tienen ni tendrán ninguna esperanza de lograr una vida mejor, por muy modesta que esta sea".*

*"Donde el alimento diario, todos y cada uno de los trescientos sesenta y cinco días del año son tortillas de maíz con chile, y muy pocas veces al año comen carne, pero eso sí, tomándose diario unas botellotas de refresco de cola llenas de azúcar pa'que engorden y se vuelvan diabéticos antes de cumplir los cuarenta".*

*"Donde las madres amamantan a los hijos hasta pasados los tres años, porque aparte de la lecha materna no tienen que darles de comer".*

*"Donde nadie respeta sus tradiciones, valores, costumbres y formas de organización social originales".*

*"Donde su lengua y su cultura autóctona son despreciadas".*

*"Donde la ley se aplica con todo rigor, pero solo para fregar a los pobres y beneficiar a los corruptos".*

*"Donde los narcotraficantes reclutan a su gente y los atrapan en el vicio, porque les traen la única esperanza real de salir de la pobreza y de ser alguien, aunque con ello pudran su vida".*

*"Donde no hay agua potable, ni de riego, ni electricidad y no me pegunte si hay drenaje y baños, u hospitales".*

*"Donde los pocos niños que tienen la suerte de ir a la escuela primaria, diariamente tienen que caminar de dos a tres kilómetros de ida y vuelta por veredas en el monte, veredas que a veces tienen cañadas o arroyos que deben cruzar metiéndose entre la corriente o colgados de cuerdas tendidas de un lado al otro del cauce".*

*"Donde simplemente no hay compasión".*

*"¿dígame mijíta, usted ha estado en esos lugares?"*

*"¡Hay más de los que se imagina!".*

*"Se los puede encontrar por ejemplo en Chiapas, en Tabasco o en Oaxaca, o en el Mezquital o por estos rumbos, en la sierra Tarahumara, o en Puebla, o en cualquier Colonia de casas de cartón de los cinturones de miseria de todas nuestra ciudades, donde no entran ni la policía, ni los Mercedes Benz, porque ni siquiera hay calles".*

*"Chiapas, la tierra a la que me fuí, aun hoy lunes tres de agosto del 2015, más de doscientos años después del inicio de la Guerra de Independencia, tiene un sesenta por ciento de su población de más de cinco millones de mexicanos en niveles de pobreza, y de esos más de tres millones de pobres, fíjese que casualidad, un 95% son indígenas o mestizos".*

*"El sesenta por ciento son pobres, Daniella. Más de tres millones, solo en un Estado"*

*"¿Se da cuenta lo qué eso significa?".*

*"Mire señora, le voy a explicar de cómo es esto de la pobreza y la marginación de nuestros pueblos indígenas con datos y números concretos, pa´que no crea que nomás ando de hablador:"*

*"México tiene 120 millones de habitantes y de ellos casi 12 millones son indígenas puros, es decir el 10% de los*

*mexicanos, que están distribuidos en más de treinta mil localidades en el país, que van desde pequeñas rancherías con dos o tres familias, a pueblos y hasta algunas ciudades. Todas ellas han sido clasificadas en este grupo por tener cada una del 40% al 100% de su población genéticamente indígena".*

*"Nuestros indígenas son muchísimos grupos que hace cientos de años representaban pueblos diferentes".*

*"Fíjese usted señora que en México se hablan sesenta y ocho lenguas indígenas distintas".*

*"Por ejemplo, solo en Chiapas, que es de donde vengo, cerca del 30% de la población total habla en alguna de las once lenguas indígenas locales y en Oaxaca la cifra es mayor".*

*"Cuando le hablo de marginación y desigualdad Daniella, no solo me estoy refiriendo a la pobreza, sino también a la educación, la salud y el aislamiento geográfico y social. Todo eso combinado son la marginación y la desigualdad".*

*"De esos 12 millones de mexicanos que hablan lenguas indígenas, cerca de ocho millones son mayores de tres años y de ellos el 77 %, del total, es decir cinco millones se encuentran en condiciones de pobreza".*

*"En contraste, entre la población no indígena solo el 44% de la población está en los mismos niveles de pobreza".*

*"Eso señora Daniella es la desigualdad".*

*"Lo más grave es que entre esos cinco millones de indígenas pobres, un 38% está en pobreza extrema. Esta cifra es cuatro veces mayor a la intensidad de la pobreza que se presenta entre la población no indígena, entre quienes la cifra de pobreza extrema es solo del 9%".*

*"Se da cuenta de lo jodidos que tenemos a los indios en México, 38% en pobreza extrema y los no-indios solo el 9%.*

*Esas Daniella son las enormes diferencias que hay más de doscientos años después de la Independencia entre indios y no indios, aun entre los más pobres".*

*"Entre los casi doce millones de indígenas mexicanos, hay solamente 360 mil de ellos, sólo el 3.5% del total, que viven en condiciones adecuadas de bienestar; es decir: por cada 100 personas que son hablantes de lenguas indígenas, hay 96 que son pobres o vulnerables por alguna de las carencias sociales".*

*"Pero la cosa no para ahí".*

*"En cuanto a la Educación, el 48% de los indígenas mayores de siete años, es decir casi la mitad del total, tienen un grave rezago educativo, por no haber iniciado o terminado el ciclo elemental de los primeros seis años de la educación básica, que de acuerdo a nuestra Constitución Política es obligatoria para todos los mexicanos como un derecho de ellos y un servicio que el gobierno debe de proveer a todos en forma gratuita y obligatoria".*

*"Solo piense que hay ocho mil escuelas públicas que no tienen servicio de electricidad y estas en su mayoría son aquellas ubicadas en localidades muy remotas y aisladas, que por supuesto son a las que asisten una buena parte de los pocos niños indígenas que tienen acceso a una escuela más o menos cercana a su domicilio".*

*"Y de servicios de salud ni me pregunte. Solo le digo señora Daniella que el 82 % de los 12 millones de indígenas no tiene acceso a la seguridad social, por la sencillas razones de que no tienen un puesto de trabajo formal y viven apartados de los centros de salud del sistema".*

*"Pero eso no es todo, un 70% carece de servicios básicos en sus viviendas, como son agua, electricidad, drenaje, asfalto y policía y uno de cada tres, vive en casas hechas de cartón, de lámina, de tablas y en algunos casos como es el de los indios Rarámuri, viven en cuevas".*

*"La probabilidad que una niña o niño indígena tiene de morir antes de los cinco años es tres veces mayor que la registrada entre las niñas y niños de las zonas no indígenas más urbanizadas y con mayor nivel de bienestar".*

*"Lamentablemente Daniella, aunque los indígenas son los mexicanos más pobres no son los únicos mexicanos pobres.*

*"El 45% de la población total de 120 millones, está situada abajo del índice de pobreza que mide el propio gobierno. De esos 54 millones de mexicanos pobres, 33 millones viven en pobreza moderada y 9 millones en pobreza extrema"*

*"A esos 54 millones de mexicanos pobres y sin futuro son a los que hay que ayudar a progresar, incluidos los indígenas, dándoles bienestar, salud, educación y oportunidades de trabajo para que no emigren a los Estados Unidos a buscar lo que en México nunca van a tener".*

*"Y para terminar, le respondo a su pregunta: ¡Me llamo Ramiro!"*

*¿Ahora yó le pregunto, señora de Edmund Gartner III, usted cree que los puede ayudar?"*

Después de eso, Daniella ya no abrió la boca hasta una hora más tarde cuando regresó el Pollero, pero en todo ese tiempo nó dejo de recordar aquella frase adjudicada a Nelson Mandela que en sus años de universidad leyó sin apreciar verdaderamente y que ahora, después de escuchar al "hombre de la pipa" le hacía muchísimo sentido y esperaba poder compartirla con su esposo Edmund tan pronto lo volviera a ver.

*"La ayuda y los programas de apoyo internacionales no deben de estar en manos de los políticos y burócratas corruptos, que lloran por la desgracia de sus pueblos y claman por ayuda en inglés, vestidos por Hugo Boss".*

# CAPITULO DIEZ

## SANTA TERESA, LA VIRGENCITA DE LOS INDIOS

Con el Pollero habían llegado otros dos hombres, que de inmediato saludaron con respeto al "hombre de la pipa" y se presentaron como miembros de la comunidad de los indios Pimas.

Los indios Pimas, que en Estados Unidos se denominan Tohono O'odham, lo que significa "Gente del Desierto" por muchos años fueron también conocidos como indios Pápagos, ya que ese el nombre de la lengua que hablan en variedades distintas los diferentes grupos Pimas de los Estados Unidos y México.

Hay seis grupos de indios Pimas que durante la Colonia Española formaban parte de dos territorios: la Alta Pimería y la Baja Pimería. Al final de la guerra entre México y Estados Unidos, los pueblos indios Pimas de la Alta Pimería quedaron en territorio norteamericano, ya que Arizona fue anexada al país del norte, quedando del lado mexicano solo los Pimes de las comunidades de la Baja Pimería.

La población de estas tribus hermanas, los Tohono O'odham y los Pimas de Sonora está distribuida en ambos países, aunque la mayor parte radica del lado americano gracias en buena medida a los beneficios económicos que obtienen de las concesiones de casinos de juego que manejan y a la agricultura y riego mecanizados, mientras que del lado mexicano, en un territorio muy aislado, parte montañoso y parte desértico, los Pimas solo se dedican a la agricultura tradicional.

El Pollero llevaría al "hombre de la pipa", a Daniella y a los Indios Pimas esa tarde y noche desde Hermosillo, subiendo la Sierra Madre hasta el pueblo de Magdalena Kino, para luego llegar a Caborca.

Al día siguiente el Pollero se regresaría a Hermosillo.

Los Pimas, "el hombre de la pipa", Daniella y Roberto seguirán su camino bajando primero de las montañas al poblado indio de Tautos en donde harán una escala, para luego continuar moviéndose por el desierto cruzando la frontera rumbo al norte por las áridas tierras situadas entre los territorios de la Reservación de la tribu Tohono O'odham y el Refugio Nacional de Vida Silvestre Buenos Aires, ambos en el estado de Arizona.

Durante toda la noche y madrugada continuaran su camino por las brechas del desierto hasta llegar al pie de la Montañas Coyote, para luego dirigirse hacia el Este, hasta llegar al poblado Three Point situado en el cruce de las autopistas 86 y 286. Al amanecer del día siguiente, que ya será el jueves 6 de agosto, tomarán la autopista rumbo a Phoenix, pasando primero por la cercana ciudad de Tucson.

A Daniella, que aun vestía el sencillo atuendo de campesina que le dieron para el viaje antes de partir de la Ciudad de México, le esperaba una larga jornada de más de 300 millas recorriendo primero agrestes montañas y después áridos desiertos.

Estaban yá afuera de la casa del Pollero próximos a subirse a las camionetas cuando llegó hasta la entrada otro auto con dos personas cubiertas con sombreros vaqueros de ala ancha.

La sorpresa para Daniella fue ver que el pasajero del auto era nada menos que el Doctor Roberto Ruiz, que recién había llegado a Hermosillo por vía aérea, siguiendo las instrucciones del "hombre de la pipa", que lo llamó para que fuera su interprete con los americanos, ya que él no hablaba inglés.

Daniella sin poder explicárselo sintió gusto por saber que ese hombre que le había salvado la vida, estaría nuevamente acompañándola en esta aventura. Yá no se sentiría tan sola porque de alguna forma el Doctor le inspiraba confianza.

Ambos sonrieron cuando el doctor se acercó a darle la mano:

"Hola Daniella, ¿cómo está?".

"Qué bueno que llegué a tiempo para revisar su herida y cambiarle el vendaje, porque con este calor el riesgo de infección es mucho mayor".

"Permítame llevarla adentro para hacerlo antes de salir de aquí".

"Extienda su brazo aquí por favor. Ahora no le voy a poner anestesia, solo le voy a cambiar la venda y a ponerle nuevamente esta pomada de antibiótico, así que espero que no le vaya a doler".

¿No ha tenido molestias, ardor o picazón en el brazo o en la herida?

"Veo que su temperatura es normal y la herida está seca y con buena cicatrización".

"No te preocupés doctor, mirá que estoy bien" respondió Daniella extendiendo el brazo herido.

Afortunadamente la herida no presentaba problemas, por lo que en quince minutos ambos regresaron para unirse al grupo que los esperaba afuera de la casa.

En la primera camioneta iba manejando el Pollero con el "hombre de la pipa" a su lado y atrás iba Daniella, junto con una parte de los implementos de agua, gasolina y alimentos. La segunda camioneta la llevaba uno de los Pimas con el Doctor a su lado y en el asiento trasero iba en otro Pima con más implementos, incluyendo una paca de ropa y un buen número de vacunas y medicamentos que llevaba el doctor.

Una vez que todo estuvo listo, las dos camionetas salieron a la polvosa calle para de inmediato dirigirse a la orilla del pueblo y tomar un camino de terracería frente al rancho "Las Víboras", encaminándose rumbo a la región conocida hace muchos años como la "Baja Pimería".

El misionero italiano Jesuita Eusebio Chin del Segno, mejor conocido como Padre Kino, evangelizó a finales del siglo XVI la región bautizada por el conquistador español Martín Hurdaide como la "Pimería".

El Padre Kino inició su labor de conversión al catolicismo de los indios Pimas, en la "Pimería Baja", siguiendo los márgenes del Rio Yaqui, para continuar su peregrinar rumbo al norte, estableciendo en 1687 la Misión de Nuestra Señora de los Dolores en el poblado de Cosaric, situada en la ribera del rio San Miguel, la cual se considera como la Misión base de la evangelización de la "Pimería Alta".

Y precisamente esta ruta de la labor evangelizadora que el Padre Kino marcó hace más de trescientos cincuenta años, fue la que el "hombre de la pipa", con la ayuda del Pollero y de los indios Pimas, decidió seguir para llevar a Daniella de regreso a su casa.

Las camionetas tomaron camino en dirección al pueblo de Magdalena Kino.

Al llegar ahí, en lugar de seguir con rumbo norte hacia Nogales, lo cual les hubiera llevado más rápido a la frontera con Arizona, dieron vuelta para por seguridad, subir por las empinadas brechas y caminos de herradura, que desde antes de la conquista abrieron los indios en las abruptas montañas de la Sierra Madre. Por esa ruta llegarían primero al poblado de Tubutama, para luego seguir subiendo hasta Caborca, aun cuando hoy yá existen carreteras que los unen.

Varias horas después, al llegar a Caborca, en una ranchería situada entre el nuevo poblado de Caborca y el antiguo Caborca, yá los esperaban un grupo de miembros de las comunidades Pima que les ofrecieron de cenar.

A los visitantes los alojaron en una Casa de Rancho, poniéndoles unos colchones con cobijas en el suelo para que descansaran y estuvieran listos para el día siguiente que sería largo y cansado. En ese punto, el Pollero se despidió de ellos para regresar esa misma noche a Hermosillo.

Después del desayuno que un buen número de indios Pimas compartieron con ellos, una parte del grupo se dispersó y "el hombre de la pipa" siguiendo su costumbre se fue a algún lado a hablar con algunos de los hombres y mujeres Pimas que los recibieron.

"El hombre de la pipa" ya conocía a varios de ellos, porque había visitado esa zona en el año 2005, en una de las pocas veces que el gobierno mexicano le dio oportunidad a los líderes guerrilleros de los indígenas chiapanecos para salir de sus refugios sin ser detenidos, para ir a visitar otros pueblos indígenas del país.

Daniella y el Doctor Roberto se quedaron prácticamente solos, sentados al final de aquella mesa en la que habían desayunado, bajo el largo techo envigado de la terraza de la casa.

*"¿Cómo se siente Daniella?"* le pregunto nuevamente el Doctor.

*"Mirá Che que hermoso lugar. Pero si hace poco estábamos en el desiérto"* expresó Daniella como si nó hubiera escuchado la pregunta.

Daniella se levantó de la mesa y acercándose al barandal de fierro forjado que separaba aquella terraza del campo llano que se perdía a la distancia en las colinas y boscosos cerros del fondo, le dijo al Doctor:

*"Doctor, porque no venís y caminamos un rato en el aire fresco. Mirá, por allá atrás hay una vereda que sube por la colina y desde ahí creo que se puede ver el río que corre allá abajo y que cruzamos antes de llegar aquí".*

El Doctor se puso de pié compartiendo aquella emoción para tomar a Daniella con mucho cuidado del brazo sano y ayudarla a bajar los tres escalones que los llevarían a la vereda.

*"Vamos Daniella, la acompaño. Este paisaje vale la pena disfrutarlo ahora que podemos, porque por lo que entiendo, el camino que falta es largo y difícil"*

Fue en ese momento cuando uno de los dos Pimas que los acompañaron en la camioneta con el Pollero, se acercó a ellos corriendo, dirigiéndose al Doctor:

*"Doctorcito Roberto, ya bajamos todas sus cosas y las llevamos para adentro de la casa. Como les avisamos a todos en el pueblo pos ya están allí adentro esperándolo pa´la vacuna".*

*¿Qué les digo, Doctor?*

*"Si, Si, dígales que ya voy para allá".*

Respondió el Doctor Roberto, cerrándole un ojo a Daniella para volver al interior de la casa caminando detrás del Pima que yá lo esperaba deteniéndole la hoja de la puerta para que pasara al interior.

Daniella se quedó sola y empezó a caminar por aquel sendero de tierra que la llevaría en dirección cercana a la antigua Caborca, fundada en 1684 por el Padre Kino y que posteriormente fue abandonada para establecer la nueva Caborca en la ribera del Rio.

De esa forma Daniella esperaba caminar por el campo para poder estirar un poco las piernas mientras llegaba la hora de partir rumbo a la frontera.

Esa tarde brillaba el sol y el clima era fresco.

El Padre Kino, fundó treinta y cuatro Misiones. Unas aquí en la sierra y otras más abajo, hasta la Alta Pimería que en su mayor parte está en territorio de Arizona.

El lugar donde estaba Daniella es una ranchería conocida como la Calera, a unos tres kilómetros del pueblo, en las faldas de un monte llamado Cerro Prieto.

En las faldas del cerro, se veía una Capilla colonial que llamó la atención de Daniella.

Al tomar rumbo para acercarse a esa pequeña iglesia, Daniella encontró medio escondida a un lado del camino la imagen de una mujer labrada en piedra, que no supo si era la estatua de un monumento cívico o una figura religiosa.

Al acercarse más a ella parecía una Virgen, pero su actitud era desafiante, con un brazo en alto y la mirada fija hacia adelante. La imagen, rodeada por un pequeño pero bien cuidado jardín, tenía a sus pies algunos ramos de flores en sencillos floreros de plástico o vidrio.

Daniella contemplaba aquello cuando un indio que parecía ser muy viejo, se apareció arrastrando una pierna, ayudado por un bastón de vara.

El Viejo la saludó con una inclinación de cabeza, mientras se quitaba el sombrero de palma de la cabeza.

*"Buenos días niña"*, le dijo a Daniella.

*"¿Qué la trae por aquí?, muy poca gente viene a ver a nuestra Santa Teresa y hoy tiene sus florecitas frescas porque hubo Misa de Doce allá en la Capilla y es entonces cuando las gentes que van llegando a misa, antes de subir le dejan sus ramos a la imagen de nuestra Virgencita".*

*"Esta imagen que usted ve aquí, es nuestra Santa Teresa".*

*"Solo los indios vienen a verla".*

*"Vienen muchos Pimas de aquí y de allá, porque en el otro lado hay muchos y forman varias comunidades diferentes, como los Akimel O'odham o Gila, o los On'k Akimel O'odham, los Ak Chin O'odham, además de otras tribus como Yaquis, Seris, Tarahumaras y a veces hasta Apaches, unos de acá de este lado y muchos otros de tan lejos como el norte de Arizona y Nuevo México".*

*"Yó cuido este santuario niña. Le riego diario sus matas y lo tengo limpiecito y cuando se secan las flores que le traen, se las cambio por nuevas".*

*"Si tiene tiempo niña, siéntese aquí en esta piedra a la sombra del árbol y le cuento rapidito".*

*"Esta Santa Teresa nació en el año de 1873, india como yo, y no es la Santísima Virgen de la Concepción de Caborca que está en esa capilla aquí arriba en el viejo Caborca, ni la Virgencita de Guadalupe de la iglesia del nuevo Caborca, aunque le cuento que desde el 2005, allá abajo en la nueva Caborca, se nos aparece casi cada año la Virgencita de Guadalupe. Si nó me cree, pregúntele a la gente del pueblo y que le muestren las imágenes y que le digan de los milagros que nos ha ido dejando".*

*"Fíjese niña que yó a mis ochenta años, soy sobrino bisnieto de la Santita Teresa".*

*"También me apellido Chávez, como la mamá de Teresa".*

"Ella a los catorce años estuvo por varios días desmayada o muerta, vaya usted a saber, y cuando despertó habló de que Diosito había estado con ella y entonces empezó a hacer hartos milagros. Sanaba a la gente, en especial a los niños enfermos. Su fama fue creciendo muy rápido y mucha gente de diferentes lugares viajaba para encontrarla y buscar su sanación y sus palabras santas".

"Me contó mi madre que Teresa tenía los ojos color de agua puerca y hacia hartos milagros y curaciones. Su padre, o sea mi tatarabuelo, fue un hacendado descendiente de españoles que tuvo hijos con algunas indias de su servidumbre, entre ellas la mamá de Teresa, que cuando nació no la bautizaron con ese nombre, sino que ella se lo cambió después solita, cuando empezó a hacer sus curaciones milagrosas con la gente y a hablarles bonito de Dios, nuestro señor".

"Mi madre no sabía escribir y un pariente que estudiaba con los Curas y yá sabía escribir, le escribió la historia de la Santita Teresa en un papel, que se ha ido copiando varias veces para que no se pierda. Ese papel lo tengo bien guardado y por ella es que desde hace muchos, pero muchos años, me vine desde mi tierra en Sinaloa, que es la misma en donde nació ella, la Santita, para cuidar esta imagen suya que los Pimes pusieron aquí en recuerdo y veneración de la curación que hizo aquí mismo en este lugar en 1895, de cuatro niños Pimes muy enfermos de la viruela".

"Le cuento que nuestra Santa Teresa, ésta que usted ve allí en la imagen, nació, en un pueblito del estado de Sinaloa que se llama Ocaroni, por ahí de 1870 en la época del dictador Porfirio Díaz, antes de la revolución de Pancho Villa".

"Desde chiquilla empezó con eso de los milagros y la gente venía a verla y a oírla hablar. Dicen que ella les hablaba a todos muy bonito de Dios, pero el Cura del pueblo decía que ella no era santa y que no había que venir a verla, porque dizque era pura mentirosa.

*Los Curas no le creyeron, porque ella era india y hablaba nuestra lengua, pero hacía milagros ciertos".*

*"Decía mi madre que la santita estaba bien jovencita cuando se fue solita a predicar a lo más alto de la sierra, por allá con los yaquis y hasta con los tarahumaras".*

*"Cuando estaba en Tomochic yá era bien famosa. Y cuanto más famosa ella era, más la ninguneaban los Curas".*

*"Luego en mil ochocientos noventa y uno, allá mismo en Tomochic que se rebelan los indios contra el gobierno del Dictador Porfirio Díaz, porque los explotaban mucho y estaban muy pobres".*

*"Un indio llamado Cruz Chávez, los levantó en armas y la Santita que andaba predicando por ese rumbo, pues lo apoyó".*

*"Los curas se aliaron con las tropas que mandó el gobierno del Dictador desde Chihuahua".*

*"Entonces Santa Teresa empezó a decir que los indios no íbamos a obedecer a naiden más que a Dios, pero no a los Curas, ni al gobierno".*

*"Ya se imaginara la matazón de indios que hicieron las tropas del Dictador Díaz".*

*"Un año después, inspirados por las palabras de la Santita, los indios Mayo que se rebelan también".*

*"A Santa Teresa la apresaron las tropas Porfiristas y la echaron pal'otro lado, es decir a los Estados Unidos y nunca pudo volver de regreso acá, a este país donde estamos, que es donde ella nació".*

*"No la mató el gobierno porque era Santa, pero la dejaron morir de la purita tristeza, de no poder volver a su tierra nunca más, para ver a sus hermanos los indios".*

*"Ella se murió en 1906 de tuberculosis, en un pueblo que se llama Clifton que está en Arizona".*

*"Un gringo, dizque profesor que vino acá, me dijo un día, que él creía que la Santita estaba muy dolida con los curas porque nunca la aceptaron por ser india, pero pos eso nadie lo sabe".*

*"Los curas no nos dejan tenerla adentro de la Capilla que está allí adelantito y que dedicaron a la Virgen de la Concepción".*

*"Por eso aquí afuera nomas está su imagen, la de nuestra Santita Teresa".*

*"Los indios vienen, le rezan, le traen flores y le dan las gracias por los milagros. Por los que hizo desde endenantes y los que sigue haciendo, porque créame, ella sigue haciéndonos hartos milagros. A mí me salvó la pierna, que hace treinta años me la quería cortar el médico del aserradero donde trabajaba".*

*"Ella, como Cruz Chávez y todos los que mataron entonces, dieron su vida para que los indios de por acá fuéramos menos pobres, pero yá ve, las cosas parece que siguen casi igual. ¿No le parece niña?*

Daniella hubiera querido darle por lo menos unas monedas al Viejo, pero no traía nada de dinero.

Conmovida se quitó el reloj y se lo dió, dándole un beso en la mejilla.

El viejo indio desenredó un paliacate que sacó de la bolsa del pantalón, tomó una de las medallitas que ahí traía y dándosela a Daniella le dijo:

*"Gracias niña por su caridad. Ya verá usted que de aquí para adelante, la Santita Teresa la va a cuidar mucho. Esta*

*medalla que le doy no es de oro, pero como si lo fuera, porque está bendita con agua santa de la capilla".*

*"Que Dios nos la guarde niña".*

Daniella se acercó a la imagen y se hincó a rezarle a Santa Teresa, la Santa india dándole gracias a Dios por estar con vida.

No se dio cuenta si aquel momento duró un minuto o una hora, pero ahí sola, de rodillas frente a la Santita, lloró como hacía mucho no lloraba.

Toda la tensión de lo vivido en esos últimos días, y el impacto emocional de estar tan cerca de esa gente humilde tenía que salir y en ese momento, en aquella soledad casi mágica en la montaña, ella se encontró con Dios y consigo misma.

Después se alejó de ahí, recordando las palabras de Santa Teresa, la Santa india, cuando dijo que *"Ellos solo obedecían a Dios y no a los curas o al gobierno".*

En ese momento, Daniella entendió el verdadero significado de lo que antes le había dicho el "hombre de la pipa", cuando le dijo:

*"Mire mi'jita, yo solo aspiro a tener una vida decente, en libertad, tal como Dios manda. Solo eso".*

Daniella ya nó siguió caminando hacia la iglesia. Regresó por el mismo camino y en las dos horas siguientes de soledad en la montaña, tuvo mucho tiempo para pensar, mientras regresaba el "hombre de la pipa" y el Doctor Ruiz terminaba con la larga fila de hombres y mujeres, niños y niñas que desde temprano habían bajado de las montañas para que el doctor los revisara, los vacunara y seguramente que los curara de algún mal que tuvieran.

A las dos de la tarde del miércoles 5 de agosto, después de un ligero almuerzo de deliciosos y muy picosos tacos de machaca que Daniella nunca antes había probado, los tres viajeros nuevamente subieron a una camioneta, esta vez con solo los dos indios Pimas de guías y choferes. Tomaron camino para llegar yá entrada la noche al pueblo de Tautos. Ahí descansarían algunas horas.

Bajar y cruzar el desierto, había que hacerlo de ser posible de noche y ese pueblo, aunque todavía está un poco lejos de la frontera, era el mejor lugar para reponer fuerzas y prepararse.

Cuando despertó al otro día, Daniella seguía envuelta en un saco de dormir que le dieron. Acostada en el piso de una sencilla casa del pueblo, muy cansada del viaje, se había dormido muy rápido.

Una mujer Pima le sonrió y le ofreció un desayuno de tamales y atole de maíz, que era espeso y caliente, el cual le cayó muy bien a Daniella después de aquella jornada.

El "hombre de la pipa" yá no estaba.

Daniella preguntó por él a la mujer, y esta le respondió que su Jefe pronto volvería.

No había que preocuparse, porque yá entrada la tarde habrían de tomar camino.

Daniella salió afuera y quedo impresionada por la espesura de los bosques y las altas cumbres de la Sierra Madre en donde estaban, sabiendo que faltaba muy poco para bajar de las montañas para internarse en la extensa llanura desértica, llena de montículos y matorrales.

Solo se oían los ruidos de pájaros en los árboles y el maravilloso rumor de sus ramas meciéndose con la brisa que de pronto soplaba por entre los cañones de la sierra.

Eso la hizo volver a recordar la angustia que debería estar viviendo cada minuto su esposo Edmund y todos lo que la conocían, pensando en donde estaría y si acaso seguía con vida.

Yá era la mañana del miércoles 4 de Agosto y ella había sido atacada el sábado anterior, es decir ya habían pasado casi 72 horas sin que nadie supiera de ella.

El "hombre de la pipa" volvió pasado el mediodía, acompañado del Doctor Ruiz, y de varios hombres y mujeres, que daban la impresión de no ser de ahí, aun cuando también parecían Pimas.

Ellos hablaban un dialecto mezclando lenguaje pápago con algunas palabras en castellano y en inglés, pero como estaban a cierta distancia Daniella no podía escuchar bien de lo que hablaban con el "hombre de la pipa".

De pronto, uno de los hombres, tal vez el de más edad, se separó de aquel grupo y se acercó a Daniella.

La sorpresa para ella fue que este hombre la saludo en perfecto inglés y le dijo:

*"Señora, mi nombre es Albert, pero todos me conocen por Águila Grande, que es mi nombre indio en lengua Copah. Nosotros vivimos en la reservación Tohono O'dham que está justo al otro lado de la frontera".*

*"Nuestro pueblo es uno solo, aunque del lado mexicano nuestros hermanos se llaman indios Pimas y del lado americano estamos distribuidos en distintas comunidades indias Tohono O'dham".*

*"Nosotros los Tohono O'dham no estamos involucrados en las luchas sociales de las comunidades indias de México, pero como Pimas que también somos, estamos con nuestros hermanos de este lado y en particular admiramos mucho a sus*

*líderes, por eso los vamos a ayudar a cruzar la frontera y llegar a Phoenix".*

*"Por seguridad no vamos a ir por ninguna carretera. Tomaremos brechas en el desierto, que nosotros conocemos muy bien".*

*"Le advierto que en esta época, de cualquier forma esa ruta es peligrosa, así que por favor vaya preparada para cualquier cosa, aunque entiendo que usted recién ha pasado por una experiencia también muy dura".*

Más tarde, la mujer le llevó a Daniella alguna ropa más gruesa, un gorro de lana tejida, unas botas negras y una chaqueta muy gastada.

Disfrazada con esa ropa, hubiera sido difícil que alguien de entrada supiera que Daniella no era una más de las indias Pimas que cuidaban a sus niños y daban el pecho a los bebés en la puerta de sus casitas en el poblado de Tautos.

Esta vez salieron en tres vehículos. Dos camionetas pick-up y una jeep de cuatro puertas. En ellas iban el "hombre de la pipa", el doctor Roberto, Águila Grande, los otros dos hombres Pima que llegaron con ellos, la mujer Pima de los tamales y Daniella, además de dos hombres Pima más, que manejaban las camionetas pick-up.

Daniella sintió un brinco en el corazón, cuando al subirse a la camioneta jeep, ahí en plena sierra Pima, vio que tenía placas de circulación de Arizona.

Al dejar atrás el pueblo de Tautos, Daniella recordó las palabras de su protector, el "hombre de la pipa", cuando le describió la pobreza en que vivían las comunidades indígenas de aquel país.

Desde que llegaron los Jesuitas, esos pueblos habían mejorado muy poco, a pesar de que ya habían pasado casi 400 años de supuesto progreso y evolución. En ese momento ella visualizó nuevamente lo que para el "hombre de la pipa" significaba el concepto de injusticia social con los pueblos indígenas de América.

# CHAPTER ELEVEN

## LOS DEMOCRATAS VAN CON TODO PARA GANAR LAS ELECCIONES

Siguen pasando las horas y no hay noticias de Daniella, ni de John Hank.

Edmund Gartner está desesperado por no saber nada de su esposa.

Philip Farland y Benny Macías se sienten atados de manos, además de estar frustrados por la errónea intromisión de Gartner al enviar a su esposa a la entrevista con el Presidente de México.

Manuel De la Concha, quien se mantenía en contacto permanente con el Licenciado Benítez, habló nuevamente con el Senador Benny Macías y haciendo un paréntesis del tema de la desaparición de la Sra. Daniella Gartner, con un poco más de calma, le informó al Senador con todo detalle cómo discurrió la reunión en Los Pinos con el Presidente, cuáles fueron las palabras que Daniella le dirigió al Presidente al principio de la reunión y por supuesto, del resto de sucesos, empezando por la sorpresa de encontrarla en el avión al salir de Poughkeepsie rumbo a México y de todo lo que pasó tras la salida de Daniella y John Hank de regreso al aeropuerto de la ciudad de México.

Lo actualizó también, sobre el hecho de que continuamente estaba recibiendo de Marco Benítez, secretario privado del Presidente, información de las investigaciones y de los pocos resultados reales que a ese momento tienen las autoridades mexicanas acerca de Daniella y de John Hank.

De la Concha terminó diciéndole a Macías que:

*"El auto y las motocicletas fueron encontrados el día anterior, pero todavía no hay huellas identificables. Un día antes, habían sido robadas en diferentes lugares de la ciudad. Ningún testigo ha podido identificar a algún sospechoso, ya que todos traían la cara cubierta. Tampoco ningún hospital ha reportado haber atendido a John Hank, que se asume iba gravemente herido tras el secuestro".*

*"Las cámaras de video vigilancia de la ciudad no permiten identificar a los tripulantes de las motocicletas ya que los cuatro traían cubierto el rostro con pasamontañas. La primera imagen de las motos fue registrada más temprano en el Viaducto Miguel Alemán, en donde se aprecia que ambas motos y sus cuatro tripulantes también estuvieron involucrados en el incendio de los dos autos que paralizaron el tráfico en esa vía por dos horas obligando a muchos vehículos a salir a las calles laterales, entre ellos a la camioneta que llevaba a Daniella y a John Hank al Aeropuerto".*

*"También se está siguiendo la pista a otras dos motocicletas que se ha identificado que durante todo el trayecto siguieron a distancia a la camioneta de Daniella, sin haber participado directamente en la balacera de la Colonia de los Doctores"*

*"Hasta aquí las noticias Senador. Le estaré llamando más tarde para mantenerlo actualizado y estar al tanto de cualquier novedad".*

Con esas palabras terminó la llamada de Manuel de la Concha.

Por otro lado, los preparativos para la presentación en el Congreso de la iniciativa de la Operación "El Álamo" parecían que no se detenían. Seguían los rumores de pasillo y las conversaciones a puerta cerrada en las Cámaras sobre los temas de México y de los inmigrantes en Estados Unidos, especialmente ante el aumento acelerado del enorme número de menores de edad, que acompañados o solos intentan entrar a los Estados Unidos, provenientes en su mayor parte de los países de Centro América.

Esa misma tarde, Frank Oharly, Presidente del Partido Demócrata convocó a una reunión en su casa con la asistencia de los Senadores Philip Farland, Benny Macías, de Robert Petersen, de los Gobernadores Vincent Ritmen y James Dohnner, de los Representantes Jack Brightman, Sam Simunest y Kevin Foxter, de Edmund Gartner III y los esposos Marion e Isaías Rosenbluth, todos ellos personajes con muy alta influencia, liderazgo político y de opinión entre los líderes del Partido Demócrata y dos de los mayores contribuyentes financieros de apoyo a las campañas del Partido Demócrata.

La casa de Frank Oharly está en Virginia.

Es una casa típica de esa área, construida en mil novecientos veinte y nueve. Habiendo sido renovada varias veces a lo largo de los años.

Frank Oharly la adquirió algunos años antes, cuando fue electo por primera vez como Senador del Congreso y tuvo que moverse con su familia al tener que trabajar en Washington cuatro días de la semana.

La casa previamente perteneció a la familia Ford y se decía que Henry Ford la diseñó personalmente, ya que ninguna de sus ocho habitaciones es igual, tanto en mobiliario, decoración o dimensiones.

Como todas las casas del rumbo, se trata de una gran construcción de dos plantas y ático, con un departamento anexo en el jardín que hoy se usa para el personal de seguridad.

En la planta baja hay dos salones muy especiales. Un despacho muy amplio con los muros recubiertos de cedro rojo y grandes estantes de la misma madera y estilo, empotrados en los muros con altura del piso al techo.

Ahí hay un dibujo original de un diseño de Frank Lloyd Wrigth colgado arriba de la chimenea, que Farland compró hace unos años en una subasta de Shotebys.

En una esquina de ese despacho, hay una tapa que se levanta en el piso de cedro y da acceso a una elegante y cómoda escalera que baja a un sótano situado en el nivel inferior.

En ese sótano hay un salón con paredes de piedra, totalmente habilitado con una mesa de billar y dos mesas de juegos múltiples, en la que se pueden jugar lo mismo cartas que ruleta. Cerrando una cubierta superior en ellas, las mesas también se pueden utilizar para servir alimentos o trabajar en ellas.

Un bar de estilo ingles complementa el mobiliario y una colección de armas antiguas, junto con unas lámparas de cristal de bohemia adornan el lugar.

Ese salón no es secreto, pero sí muy aislado y es el lugar favorito de Philip Farland para hacer reuniones de negocios con gente de confianza.

Cuando Benny Macías bajó la escalera, yá estaban los otros cinco invitados en la mesa con un escocés en la mano, a excepción de Philip, que tenía su copa servida a la mitad con coñac Napoleón.

Frank Oharly abrió la discusión diciendo:

*"Señores, gracias por venir a esta reunión que considero es muy importante para el futuro inmediato de nuestro país y de nuestro partido".*

*"Esta noche debemos analizar la situación que enfrentamos para poder tomar una decisión de nuestro grupo, sobre la nominación de nuestros candidatos a la Presidencia y a la Vicepresidencia para las próximas elecciones de 2016".*

*"Como todos sabemos el próximo sábado 8 de agosto se celebrará el Sondeo o Encuesta Presidencial del Partido Republicano en el Estado de Iowa, iniciándose así con este primer evento oficial, el proceso o carrera diría yo, de actividades de los Partidos para la nominación de sus Candidatos a la Presidencia, Vicepresidencia, así como las nominaciones de candidatos a Gobernadores, Senadores Federales y Estatales y Representantes Federales y Estatales".*

*"Es por lo anterior que estamos obligados a que antes del próximo sábado, es decir en esta misma semana, nuestro Partido Demócrata tenga ya definidos y acordados quienes serán los pre-candidatos con mayor apoyo interno para la Presidencia y Vicepresidencia".*

*"No podemos permitir que los Republicanos inicien yá su pre-campaña y nosotros, los aquí reunidos, no tengamos claro por quienes jugaremos nuestras cartas para ganar las próximas elecciones".*

*"Esta misma noche tenemos que tomar decisiones y hacer compromisos formales, para entrar de lleno y con fuerza a la primera etapa del proceso pre-electoral de reuniones de sondeo, encuestas y convenciones en cada uno de los estados, para llegar solidos asegurando el triunfo y nominación oficial de nuestros pre-candidatos en la Convención Nacional número 46 de nuestro Partido Demócrata, a celebrarse el día 8 de septiembre del próximo año".*

*"A partir de ese momento, iniciaremos la intensa etapa de nuestra campaña presidencial que terminara el día 8 de noviembre del próximo año de 2016, en que se llevaran a cabo las elecciones presidenciales número 58 de la Unión Americana".*

Frank luego comento lo siguiente:

*"El amigo Edmund Gartner III, me ha llamado hace dos horas para excusarse por estar delicado de salud. Asimismo me informó que en este momento no puede delegar en nadie más su participación a esta reunión, y que hasta en tanto no tenga noticias positivas de su esposa, él no está en condiciones de tomar ninguna acción".*

*"Como probablemente ya es de su conocimiento, Daniella Gartner fue asaltada y secuestrada por el hampa en México durante un viaje de turismo. Por mi conducto, Edmund Gartner III le pide a cada uno de ustedes el favor personal y muy especial de que sigan manteniendo la más absoluta reserva respecto a ese asunto, ya que en esos momentos posiblemente se puede estar llevando a cabo conversaciones sobre rescate e investigaciones policíacas confidenciales, que de hacerse públicas, pueden poner en riesgo la vida de la señora Daniella Gartner".*

En pocas palabras, según entendieron todos, el mensaje entre líneas de Edmund Gartner III fue qué mientras no apareciera su esposa Daniella, él no estaba dispuesto a promover el financiamiento de un solo dólar para la campaña política.

Ante esa situación Frank Oharly, el Presidente del Partido, propuso hacer una evaluación muy objetiva del impacto que significaba dejar de contar, al menos por ahora, con los fondos y el apoyo de Edmund Gartner III y del grupo de capitalistas que representa.

Frank Oharly dijo:

*"Este análisis inicial se basa en los datos estadísticos de las elecciones del 2012. En base a los resultados de las decisiones que estaremos tomando en estos días, analizaremos el modelo con las cifras proyectadas para las próximas elecciones".*

Tomó un marcador y escribiendo en unas hojas de rotafolio montadas en un atril a un lado del bar, dijo:

*"Primero analicemos los números del financiamiento que podemos recibir y de donde viene:*

*"Hay 224 millones de americanos que tienen más de diez y ocho años, es decir que el 74% de la población de este país, son adultos en edad de votar".*

*"De los 224 millones de ciudadanos en edad de votar que antes mencione, un 12%, que son poco más de 22 millones, aportaron en total a los dos partidos para las elecciones de 2012 casi $ 850 millones de dólares, repartidos en un 49% para nosotros y 51% para los Republicanos".*

*"Esto significa que cada uno de los dos partidos recibió por parte de ese 12% de votantes, una cantidad aproximada de $ 425 millones".*

*"Ahora entremos al detalle de estas cifras:*

*De esos 22 millones de ciudadanos que hicieron aportaciones, hay un grupo de ciudadanos que solo dan entre $ 200 y $ 999 dólares. Estos son aproximadamente 1, 400,000 personas, que aportaron en total $ 800 millones".*

*"De este dinero, nuestro partido solo recibió el 39% y los Republicanos recibieron el 61%, lo que significa que la base de financiamiento que ellos tienen, está más pulverizada que la nuestra".*

*"¿Me están siguiendo en este análisis, o hay alguna duda?",* preguntó Oharly a todos antes de continuar.

El Representante Kevin Foxter preguntó:

*"¿Y los donadores de más de un millón de dólares?"*

*"Efectivamente esas contribuciones son muy importantes",* respondió Oharly,

*"Hay un grupo muy reducido de gente que hace contribuciones individuales superiores al millón de dólares".*

*"Estos donadores individuales de más de $ 1 millón no llegaron a 100 y en total dieron $ 300 millones".*

*"La buena noticia aquí es que el 82% de ese dinero fue para nosotros, o sea casi $ 250 millones de dólares, lo que significa como todos sabemos, que nuestro financiamiento está concentrado en un numero bastante menor de gente o instituciones".*

*"Es decir, que el total aproximado de estos dos segmentos importantes de aportaciones para las campañas de los dos partidos fue de más de un billón de dólares, específicamente $ 1,100 millones, repartidos casi iguales, en cifras arriba de $ 500 millones para cada uno de los dos partidos".*

*"Si sumamos esos $ 1,100 millones provenientes de donadores individuales, con otros $ 300 millones adicionales recibidos de las contribuciones de los Comités de Acción Política, mejor conocidos como PAC's, incluidas las aportaciones en dinero blando y en dinero duro, en números redondos se recaudaron $ 1,400 millones de dólares".*

*"De ese total nosotros recibimos $ 725 millones, o sea que nos favoreció el 52%".*

*"Sin embargo como ya vimos, aunque recibimos un poco más que los Republicanos, son los grandes contribuyentes como Edmund Gartner III y sus representados, los que nos sostienen, en tanto que los Republicanos son apoyados por un número mucho mayor de donadores menores".*

*"Hay que recordar, que el sector de abogados y cabilderos es el más fuerte contribuyente a nuestro partido, con casi $ 120 millones de aportaciones, seguido por el sector financiero y sin ánimo de ofender a Marion e Isaías que lo representan, quiero mencionar que ese sector a nosotros, nos apoyó con $ 75 millones, y por supuesto también cooperó con los Republicanos dándoles a ellos casi $ 25 millones".*

*"Junto con los sectores anteriores, los miembros individuales de nuestro partido, los grupos y asociaciones laborales y los grupos políticos están también en la lista de mayores contribuyentes de nuestro partido".*

*"Tenemos por lo tanto muy claro que para financiar nuestra campaña electoral del próximo año dependemos fuertemente de las aportaciones de un número muy reducido de colaboradores".*

A continuación, dando un largo trago a su whiskey, Oharly continuó:

*"Ahora bien, los estimados de Gastos para nuestras campañas se ven de la siguiente forma":*

*"Se espera que los gastos totales de campaña sigan creciendo por lo menos al mismo ritmo que en el pasado, por lo que ahora necesitaremos casi un billón, para las campañas Presidencial, de Gobernadores, de Senadores y de Representantes"..*

*"Recuerden que tendremos 13 candidatos a Gobernadores en 11 estados, además de Samoa y Puerto Rico. También 30 candidatos a Senadores y 441 Candidatos a la Cámara de Representantes".*

*"El costo de las campañas presidenciales, ha estado creciendo arriba del 24% cada periodo, desde las elecciones de 1976, en la que los dos candidatos se gastaron $ 70 millones".*

*"En 2004 solo George W. Bush gasto arriba de $ 240 millones y el senador Kerry gasto casi $ 220 millones, lo que dio $ 460 millones de gasto total de los dos candidatos en esas elecciones".*

*"En la campaña de 2008, nosotros gastamos solamente para nuestro candidato a presidente casi $ 280 millones y el senador McCain un número muy similar".*

*"Para nosotros, dejar de contar con uno de los sectores importantes que nos fondean el presupuesto, sería un gran golpe para nuestros planes y posibilidades. Prácticamente no tenemos margen de maniobra para compensar por otro lado una caída importante en las aportaciones".*

*"En conclusión"*, terminó diciendo el Presidente del Partido:

*"Si no contamos con el apoyo financiero del grupo que representa el amigo Edmund Gartner III, sencillamente perderemos la elección presidencial, reduciremos aún más nuestra posición en la Cámara de Representantes y pondremos en riesgo nuestra mayoría en el Senado, y lo que puede ser peor, podemos perder la Presidencia, la Vicepresidencia y varias Gubernaturas".*

Ante este panorama, todos voltearon hacia el senador Philip Farland, quien hasta ese momento era considerado como el pre-candidato más viable para ser nominado por el partido Demócrata para la presidencia de los Estados Unidos.

Philip Farland con mucha calma y desde su asiento, comentó que la situación en el escenario planteado se ve mucho muy complicada, ya que bajo esas condiciones, de promover y aceptar su candidatura, lo estaría haciendo a sabiendas de no poder hacer una buena campaña y el riesgo de perder las elecciones sería muy alto.

Luego se puso de pie y dirigiéndose con mucha atención a cada uno de los asistentes a aquella reunión, les dijo:

*"Pero hay una oportunidad única e histórica que puede ser el elemento clave para cambiar ese panorama y que hasta ahora no habíamos considerado, y que en este momento es muy oportuno, si no indispensable y estratégico discutir y evaluar entre todos los presentes".*

*"Esto nos puede lograr cambiar completamente el balance de votos en las próximas elecciones y asegurar las posibilidades de ganarlas", continuo Philip Farland.*

*"No sé todavía si lo vamos a conseguir, pero de lograrse, será un recurso inmediato para asegurar la mayoría necesaria de votos individuales y de votos de Delegados para ganar las próximas elecciones y obtener todos los fondos", dijo Farland añadiendo lo siguiente:*

*"Ellos, los Republicanos tradicionalmente tienen los votos de la clase media de este país y esta vez, además, parece que podrán tener los votos de todos los trabajadores americanos que ahora han sido desplazados y reemplazados por inmigrantes. La Operación El Álamo, de la cual todos hemos escuchado en estos últimos días, pretende inclinarlos a su favor, justo en el momento adecuado y esa es precisamente el error estratégico que están cometiendo y que nos abre una oportunidad no esperada".*

*"Se preguntaran ustedes ¿Cuál es la oportunidad?":*

*"La oportunidad es precisamente el hecho de que el Partido Republicano bajo la influencia de miembros importantes de los Halcones y del Tea Party está moviéndose seriamente para obtener la aprobación del Congreso antes de las elecciones,*

*de la llamada Operación El Álamo, la cual tiene el objetivo fundamental de detener y repatriar en muy corto plazo a más de un millón de hispanos indocumentados, para en esta forma generar un apoyo masivo y contundente de la población trabajadora americana, que considerará que sus derechos e intereses para ocupar todos los nuevos puestos de trabajo que se empiezan abrir sí son entendidos y apoyados por el partido Republicano y sus candidatos y no por el Partido Demócrata ni por el Presidente, quienes recientemente promovimos una amnistía para un número importante de hispanos".*

*"¿Están ustedes de acuerdo en lo que acabo de plantear?".*

*"¿Tienen alguna duda o pregunta?".*

"Sigamos adelante" dijo Philip Farland:

*"Tenemos información de buenas fuentes sobre un elemento adicional muy crítico de la Operación El Álamo, que según entendemos se iniciaría al mismo tiempo que las detenciones de indocumentados, el cual se pretende que permanezca como una operación permanente para el futuro, ya que su objetivo es el de blindar al máximo posible la frontera común entre Estados Unidos y México, para impedir la entrada de nuevos inmigrantes hispanoamericanos o el regreso de los ya expulsados.*

*"Todos sabemos que no obstante que en el último año fueron deportados más de trescientos mil ilegales, incluyendo casi cincuenta mil menores de edad, la sofisticada red de vigilancia, rastreo y seguimiento de la Patrulla Fronteriza haciendo uso de patrullas, lanchas rápidas, alta tecnología de vigilancia de radar, video y rayos infrarrojos; aviones robot, muros, rejas y miles de elementos de la propia Patrulla, de las policías locales, de la DEA y en ocasiones del ejército y la guardia nacional, el número de inmigrantes indocumentados que cruzan nuestra frontera sigue en aumento".*

Todos los asistentes guardaban profundo silencio escuchando al senador y solo se oía el ruido de algún vaso al ser llenado nuevamente con agua y scotch.

*"Por esta realidad, la Operación El Álamo contempla el establecer en territorio mexicano un segundo cinturón de centros de Control de Inmigración de la Patrulla Fronteriza y la DEA, emplazado en forma paralela al que hoy existe en nuestro lado de la frontera".*

*"Así esperan frenar por un lado la inmigración ilegal y por el otro, la entrada de drogas traficadas por los Carteles mexicanos y sudamericanos, además de que esos centros serian la puerta de expulsión a México de los indocumentados detenidos en Estados Unidos".*

*"El gran problema de esta parte de esa estrategia de la extrema Derecha Republicana, es que para ello en teoría precisan de firmar anticipadamente un acuerdo formal con el gobierno Mexicano, ya que como todos sabemos, su constitución política no acepta que ningún gobierno extranjero ocupe parte de su territorio, y mucho menos que opere instalaciones que no cumplan con las normas, especificaciones y acuerdos internacionales, de exclusividad limitada para las oficinas y residencias diplomáticas de un país en el extranjero".*

*"A fin de entender la legalidad de esta estrategia y cuál sería la reacción de México en caso de que este plan siga adelante, primero hemos estudiado este tema desde el punto de vista jurídico, y como un segundo paso muy importante, ya hicimos una consulta exploratoria, personalmente con el Presidente de México, quien enfáticamente nos aseguró que jamás permitirían la instalación y operación en territorio mexicano de la Patrulla Fronteriza. Esta consulta se llevó a cabo hace tres días en sus propias oficinas de la Ciudad de México el pasado sábado 1 de agosto".*

*"La conclusión entonces es de que este elemento de la Operación El Álamo no podrá ser ejecutado o bien, si nuestro*

*país decide llevar a cabo la intervención y operación de esos centros de Control Migratorio sin la aceptación mexicana, esa acción prácticamente equivale a una invasión por la fuerza al país vecino, ya que para llevarla a cabo en esa forma, se requerirá del apoyo y presencia permanente militar norteamericana, lo cual generaría un problema mucho mayor para todos".*

*"Esa señores, es nuestra gran oportunidad"*

*"Porque con esta estrategia republicana, nuestra oportunidad se llama el Voto Hispano y en este punto en especial hay algo muy específico que estamos analizando seriamente y que puede desencadenar nuestra oportunidad":*

*"El voto Hispano, que hasta ahora ha estado desorganizado y sin un liderazgo claro y homogéneo ha sido un voto, que en el pasado los favoreció más a ellos que a nosotros, al grado de que tienen dos Senadores de origen Hispano que son Marco Rubio de Florida y Ted Cruz de Texas y dos Gobernadores que son Susana Martínez de Nuevo México y Brian Sandoval de Nevada".*

*"Por otro lado nosotros los Demócratas solo tenemos un Senador hispano que es Benny Macías y no tenemos ningún Gobernador de origen hispano".*

*"Con la Operación El Álamo, los Hispanos van a perder todo lo que han logrado para posicionarse en el Partido Republicano y esa es nuestra oportunidad, estar ahí, justo a tiempo y preparados para organizar y reconocer políticamente a los votantes Hispanos, para traer con nosotros no solo los votos de todos ellos que representan a esos millones de ciudadanos norteamericanos de origen Hispano, sino también a sus líderes políticos, lo cual tendrá también un efecto importante en el debilitamiento y capacidad de reacción de los Republicanos".*

Continuando, Philip Farland comentó:

*"Nuestro colega Benny Macías sabe bien, que el estado de Florida ha sido un ejemplo claro de esto último, y del riesgo de que los Hispanos por su falta de organización política se pueden ver atrapados por la sorpresa de las acciones de la Operación El Álamo, sin tiempo para reaccionar para ejercer su voto por el partido Demócrata en las elecciones, al ver que los Estados Unidos mediante una iniciativa republicana lleven a cabo una intervención militar en México, que aun cuando sea limitada y controlada, no deja de ser una invasión".*

*"Por eso es muy importante que podamos llevar adelante una estrategia política específica, temprana y muy rápida, para ofrecer una visión clara y concreta del riesgo que tienen todos ellos y sus familias en ambos países, si la Operación El Álamo sigue adelante".*

*"Dos objetivos clave de nuestra estrategia son":*

*"Primero, presentar por parte del Partido Demócrata un liderazgo político efectivo y representativo a la comunidad hispana de nuestro país, para que en las próximas elecciones voten por nuestros candidatos y por nuestra plataforma política".*

*"Y como segundo objetivo, que en México logremos generar por parte del gobierno de ese país, la estrategia de anticipación preventiva y de respuesta posterior si es que se llega a requerir, para frenar la Operación El Álamo".*

Philip Farland cerró su participación con estas palabras:

*"La población de Hispanos-Latinos de nuestro país ya representa un 17% del total de norteamericanos y de ellos casi 24 millones están en edad de votar.*

*Si ellos tuvieran por parte nuestra una motivación clara y contundente, así como el liderazgo adecuado, los votos de todos esos Hispanos podrán ser para nuestros candidatos"*

*"Esto representa sencillamente un potencial para llevar la proporción esperada de voto latino arriba del 11% que se tuvo en 2012 y en esa forma incrementar significativamente nuestros asientos en la Cámara de Representantes y con ello obtener un número superior a los 250 Representantes electos, ganando así la mayoría en esa Cámara y un número superior a 65 Senadores electos, manteniendo la mayoría que yá tenemos en el Senado, obteniendo en esa forma el control político mayoritario en ambas Cámaras para nuestro Partido Demócrata".*

*"Esto no se ha logrado desde los buenos tiempos de las elecciones de 1977 y las del 2002, en las que nuestro Partido Demócrata no solo obtuvo la mayoría en ambas Cámaras del Congreso, sino que también ganó la elección de los Presidentes en ambos periodos".*

*"¡Hoy esa es nuestra meta!"*

*"Podemos lograr ese gran objetivo si tomamos la decisión inteligente y oportuna de promover las candidaturas de Hispanos dentro de nuestro partido, en la proporción justa del porcentaje del 17% de la población total que tiene esa primera minoría en el país y que actualmente solo está representada por 35 Representantes y 3 Senadores".*

*"Es decir que la oportunidad del voto Hispano nos representa poder crecer en la Cámara de Representantes de 35 a 74 miembros de nuestro partido, con un aumento neto de 39 Representantes Hispanos y en el Senado, pasar de solo tres Senadores Latinos a 17, lo que significa un aumento neto de 14 nuevos senadores Demócratas Hispanos".*

*"Por supuesto que debemos de cuidar el mantener sin erosión nuestros votos y candidatos de la mayoría no-Hispana y de las otras minorías, principalmente las minorías de Color, Asiática y Nativa-Americana, ya que nó se trata de substituir candidatos no-Latinos por candidatos Latinos y por ello no crecer en nuestra participación en las Cámaras".*

*"Estas decisiones por nuestra parte no serán sencillas y van a requerir inteligencia y valentía. Como yá dije, para realmente tomar ventaja de la oportunidad de aplastar al partido Republicano en las próximas elecciones de 2016, tenemos que identificar, calificar y posicionar excelentes candidatos Hispanos para ambas Cámaras, pero también, y esto es muy importante, para los candidatos a Gobernador de algunos estados clave, principalmente California, Texas, Illinois, Florida y Arizona y por supuesto, para la candidatura a la Vice-Presidencia".*

*"Estoy seguro que todos los Hispanos al darse cuenta de que habrá una acción de captura masiva de indocumentados para ser repatriados a México tendrán un gigantesco impacto económico y social, ya que un alto porcentaje de esos indocumentados tienen esposa o esposo e hijos legalmente norteamericanos, que con esta acción perderían a su padre o madre".*

*"Esto yá sucede hoy en menor escala, pero definitivamente que con la Operación El Álamo, el impacto será mucho mayor".*

*"Los Hispanos también estarán conscientes de que el hecho de expulsar en muy corto plazo a México a más de un millón de personas creará enormes problemas sociales, económicos y políticos en ese país y a sus propias comunidades.*

*Eso aunque no queramos, nos van a afectar seriamente, sin considerar la posibilidad de que pueda haber un conflicto mayor entre ambos países por el tema de los Centros de Control de Inmigración en el lado mexicano".*

*"Un aspecto colateral de impacto en México, está en la reducción que sufrirían las remesas que los migrantes Hispanos envían mensualmente a sus familias en México y que el año anterior fueron en total de $ 22 Billones de dólares, representando con ello la segunda fuente de ingresos de divisas extranjeras del país, solo después de los ingresos que reciben por las exportaciones de petróleo".*

*"Si se expulsan a México más de un millón de indocumentados y las familias de esos repatriados dejan de recibir los dólares que antes les enviaban, ¿qué creen ustedes que pase?"*

*"Piensen por un momento en lo siguiente: Los expulsados intentarán regresar a los Estados Unidos, puesto que necesitan trabajar y en México no van a encontrar trabajo, además de que muchos habrán dejado esposa e hijos norteamericanos acá, los que necesitan subsistir económicamente y tener a su esposo o Padre presente".*

*"También es muy posible que en esas familias de México que dejen de recibir sus dólares mensuales, haya otros hijos o hermanos que necesiten buscar reponer ese dinero y muchos de ellos es probable que también intenten venir a nuestro país a trabajar."*

*"En pocas palabras, la Operación El Álamo tiene un altísimo riesgo de que no nada mas no resuelva el problema de los indocumentados que llegan a nuestro país, sino que lo haga mucho más grande y difícil de resolver de lo que ya lo es hoy, y de nuevo, repito esa es hoy, no mañana, nuestra gran oportunidad".*

*"Todo lo anterior que he dicho es la esencia de la oportunidad que tenemos y de nuestra estrategia para aprovecharla a nuestro favor y ganar las elecciones el próximo año, las cuales pudieran estar en grave riesgo si la Operación El Álamo sigue adelante y aunque todavía no sabemos si los Halcones van a lograr convencer al Congreso por encima del Presidente para darle la luz verde a esa estrategia, sentimos que están avanzando en esa dirección".*

A continuación Frank Oharly tomó la palabra:

*"Propongo a ustedes que nos demos no más de 48 horas a la espera de que Edmund Gartner resuelva su problema o bien, que en este breve tiempo pensemos todos nosotros en que*

*otras opciones podemos tener para substituir las aportaciones que representa Edmund Gartner III, ya que si vamos a ir por el voto Hispano, ese dinero será mucho muy importante, porque habrá que desarrollar una campaña específica muy orientada a ellos".*

*"Prepárense por favor para reunirnos mañana miércoles 5 o pasado mañana jueves 6. Yo los mantendré informados de la fecha y hora definitiva y de cualquier noticia importante al respecto.*

*Muchas gracias y buenas noches"*

Con esos comentarios terminó la reunión, con el acuerdo de los participantes para reunirse otra vez, para tomar una decisión final sobre la posible candidatura de Philip Farland a la Presidencia de los Estados Unidos y discutir las opciones de candidatos para la Vicepresidencia por el Partido Demócrata, liderada hasta ese momento por Jim McDermott, así como sobre la posibilidad de promover las candidaturas de Hispanos en un número mucho mayor al actual y como tema adicional muy crítico, encontrar otras alternativas complementarias de financiamiento para las campañas del Partido Demócrata.

Al mismo tiempo, esa noche del martes 4 de agosto, tres días después del asalto en la Ciudad de México, en un barranco llamado Wrock Canyon del Parque Pacifico, situado en la Mesa de Otay, muy cercano a San Diego California y a la frontera Mexicana, fue encontrado un cadáver con huellas de violencia, que el FBI identifico a las siete de la mañana del siguiente día, como perteneciente a quien en vida se llamó John Hank, que según le informó el FBI a la policía local, se suponía que en esas fechas estaba de vacaciones en la Ciudad de México.

# CHAPTER TWELVE

## CRUZANDO LA FRONTERA

A la media noche después de un breve descanso de pocas horas, todos se levantaron para tomar un rápido café que les ofrecieron dos mujeres Pimas de Tautos.

Subieron a las camionetas y de inmediato arrancaron rumbo al norte.

Una hora después, la camioneta Jeep dio un amplio giro a la izquierda por una brecha pedregosa, seguida por una de las dos camionetas pick-up, mientras la otra continuó por el camino de terracería.

Águila Grande les dijo que yá estaban en Estados Unidos.

Daniella no vió ninguna señal o letrero, pero de alguna forma el indio supo exactamente adonde cruzaron la frontera.

La brecha era en realidad, el cauce seco de un río que en época de lluvias lleva el agua que baja del monte Bavoquivari. Estaba llena de piedras, pero Águila Grande parecía conocer muy bien el camino.

Iban con las luces apagadas, alumbrándose con solo la luz de la luna que ya se empezaba a ocultar, en un cielo transparente, lleno de millones de estrellas que en cuanto saliera el sol dejarían de ver.

El desierto de Sonora y su vecino el desierto de Arizona son muy secos y poco habitados. La precipitación anual media no llega a tres pulgadas y su superficie combinada es de más de veinte mil millas cuadradas.

Águila Grande y los dos Pimes iban armados.

Desde hacía poco, habían sacado dos rifles de la parte de atrás de la camioneta y los colocaron en el piso del asiento trasero.

De tiempo en tiempo, se veían algunas luces de linternas de batería que a lo lejos, se apagaban o se perdían detrás de las rocas, cuando quienes las llevaban se daban cuenta que venía la camioneta.

*"Esos son ilegales cruzando a pie el desierto". Dijo Águila Grande.*

*"Todas las noches lo hacen y muchos mueren en el camino. Son hombres, mujeres, niños y a veces familias completas".*

*"Nosotros les damos agua y comida, pero los agentes de inmigración no nos dejan hacer nada más".*

*"Se esconden porque los polleros que los guían piensan que somos de la Migra".*

*"Espero que no nos disparen, porque a veces lo hacen".*

Cuando Daniella cabeceaba de sueño, entre brinco y brinco, cambios del embrague, frenadas y acelerones de la camioneta jeep, una sombra salió corriendo detrás de unas rocas y se paró frente a la camioneta, obligando a Águila Grande a dar un frenazo intempestivo.

*"Señor, señor, ayúdenos por favor, que mi niño está bien malito y ya no podemos seguir caminando".*

*"Éramos varios los que veníamos desde México, pero nosotros nos perdimos hace dos días".*

*"Mi marido y yo nos quedamos atrás con el niño que está muy malito. El pollero que nos traía no nos quiso ni ayudar ni esperar y siguió para Tucson con los demás".*

*"Ya no tenemos agua, ni comida y hace harto frío. Mijo tiene mucho dolor y no se nos vaya a morir, ayúdenos por su mamacita se lo pido, que Diosito se lo ha de pagar".*

Águila Grande encendió las luces de la camioneta, se bajó de ella y caminó unos veinte pasos más siguiendo a la mujer, hasta llegar atrás de una enorme roca adonde un hombre abrazaba el cuerpo de un niño, como tratando de darle calor.

El doctor Roberto también se bajó de la camioneta y se acercó de inmediato al grupo.

Uno de los Pimas traía una linterna y acercó la luz para que pudieran ver mejor.

Daniella que en un primer momento se había quedado en la camioneta sin atreverse a bajar, los siguió en pocos instantes a pesar de la advertencia del "hombre de la pipa" para que se quedara en el vehículo y no se involucrara.

Cuando ella se aproximó, la madre seguía llorando y gritaba súplicas de ayuda.

El hombre apretaba el cuerpecito del niño mientras el doctor Roberto trataba de ver que tan enferma podría estar la criatura.

Daniella se acercó, se hincó junto al padre y con voz muy tranquila le pidió que les permitiera ver a su hijo.

El niño estaba yá sin vida y sus padres se aferraban a una desesperada ilusión, pensando que tal vez solo estaría muy enfermo, pero que podría salvarse.

Ella gritaba y el lloraba en silencio.

Daniella tomó aquel cuerpecito, que no tendría más de dos o tres años y lo llevó a la camioneta, seguido por la Mamá, el Papá, el Doctor Roberto, Águila Grande y el Pima.

Águila Grande tomó el micrófono del radio de la camioneta y se comunicó con alguien pidiéndole solicitar apoyo de la patrulla del INS.

Mientras tanto, le dieron agua y unas chamarras a la pareja. Luego se quedaron todos ahí en silencio mientras Daniella tomaba la mano a la mujer tratando de consolarla, pero su dolor era tan intenso que parecía que se volvería loca.

Daniella sacó de su bolsillo la medallita de Santa Teresa, que le había regalado el viejo indio el día anterior en Caborca y poniéndosela en la mano a la madre del niño, empezó a rezar el Padre Nuestro en voz muy baja.

La madre dejó de llorar, se calmó y se inclinó sobre el cuerpecito, abrazándolo con sollozos cada vez más quedos, hasta que solo se oía el murmullo de la noche en el desierto.

Águila Grande hizo saber a Daniella y al doctor que para evitar cualquier problema, deberían de subirse de inmediato a la camioneta pick-up y continuar su camino antes de que llegara la patrulla del Servicio de Inmigración y de que saliera el sol, puesto que estaba a punto de amanecer.

Los dos Pimes los llevarían y él se quedaría con el "hombre de la pipa" y con la mujer Pime, para reunirse de nuevo al amanecer a la entrada del pueblo de Three Points.

Veinte minutos después una luz roja intermitente apareció de pronto detrás de la cañada.

Águila Grande dijo:

*"Es la camioneta de la Migra, déjenme hablar a mí.*

*Seguro nos reconoce y nó va a haber problemas".*

La camioneta verde se emparejó con el jeep, deteniéndose junto a ella.

El agente que iba junto al chofer bajó el cristal y tocándose la orilla del sombrero tejano saludó por la ventanilla a Águila Grande, preguntándole:

*"¿Qué haciendo tan temprano a estas horas, Albert? Deberías de estar durmiendo en tu casa o no te vas a poder levantar mañana temprano a ordeñar las vacas".*

Mientras su compañero que estaba al volante, soltaba una carcajada.

Y luego dándose cuenta de que Albert no estaba solo y que había unos mexicanos con ellos preguntó:

*"¿Para qué llamaste?,*

*¿Qué hace esta gente aquí?*

*¿Tuviste un accidente?"*

Águila Grande respondió:

*"Mira, ellos tienen un problema. El pollero los botó cuando el niño se les puso malo y se perdieron por dos días en el desierto"*

*"Nosotros fuimos a Santa María a la boda de mi sobrina. Ya veníamos de regreso con mi primo cuando los encontramos y la mejor ayuda que podemos darles, fue llamarles a ustedes, porque ese angelito ya se les fue al cielo".*

Los oficiales se bajaron de inmediato para acercarse a ellos.

El "hombre de la pipa", se recargó para atrás del asiento posterior del jeep en la penumbra del amanecer, subiéndose el cuello de la chaqueta lo más alto posible.

La madre del niño seguía apretando con fuerza la medalla que le dio Daniella mientras rezaba en voz muy baja.

El segundo oficial, al dar vuelta por detrás de la jeep, se asomó brevemente el interior, pero en ese momento toda su atención estaba en asegurarse que en los alrededores, no había más ilegales escondidos en las sombras.

Los oficiales pidieron apoyo por radio. Uno de ellos tomó al niño y lo llevó a colocarlo con cuidado en la parte de atrás de su camioneta.

El otro pidió a los padres, subir al asiento trasero de la camioneta de la Migra, para protegerlos del frío e intentar tomarles algunos datos, mientras llegaba la ambulancia.

Una vez al volante, Águila Grande le dijo al oficial que le quedaba más próximo:

*"Gracias amigos. Por lo menos los padres están vivos, porque un día más en el desierto y ellos tampoco hubieran sobrevivido. Buenas noches".*

Cuando empezaba a moverse hacia adelante, el oficial de inmigración le gritó haciéndole una seña con el brazo para que se detuviera.

*"Oye Albert, ¿Por qué te viniste cruzando el desierto en lugar de tomar la carretera 19, ya hubieras llegado? preguntó el agente".*

Águila Grande arrastrando un poco la voz le respondió:

*"Con los dos tragos que traemos adentro mi primo y yo, ni loco me meto a que me detenga la Patrulla de Caminos o*

*el Sheriff Lunden, que me tiene amenazado desde que le descubrimos su negocito con unos polleros, así que mejor nos regresamos por el desierto. Solo mi hermana esta sobria, y muy enojada, así que ni se te ocurra hablarle".*

*"¿Y ustedes cómo van?",* Pregunto a su vez Águila Grande, para cambiar el tema.

*"Hasta ahora la noche había estado tranquila, pero ya nos pusiste a trabajar.*

*Con estos dos ya van diez y ocho que agarramos. Ninguno ha dado problemas".*

*¿Tienes por ahí alguna prima soltera que quiera tener un plan conmigo, al rato que salga del turno?"* dijo el Agente.

*"Ya sabes que nosotros los indios no nos mezclamos con los blancos como ustedes, porque nos contagian la viruela",* le respondió sonriendo Águila Grande, cerrando su ventanilla y acelerando.

Mientras tanto, en la otra camioneta que llevaba a Daniella y al Doctor Ruiz, al llegar al margen de otro arroyo seco que bajaba de los cercanos Montes Coyote, después de tres horas de camino en las brechas del desierto, bajó la velocidad para cruzar el cauce con cuidado, mientras a lo lejos se veían los reflejos de las luces del poblado Three Points y del tráfico en la carretera 86.

A poco se detuvieron en el cobertizo de un rancho.

Abrieron el candado de la puerta con una llave que llevaban. De un barril de gasolina para maquinaria agrícola, con una manguera llenaron el tanque del jeep y veinte minutos más tarde yá estaban de nuevo en las brecha del desierto, rumbo al norte.

Al amanecer, la camioneta con Daniella y el doctor Ruiz finalmente salió del desierto y se detuvo en una estación de gasolina de Three Point en la carretera estatal 86, conocida comúnmente como el Ajo Highway, la cual los llevaría a Tucson para continuar su camino hasta Phoenix mezclados con el tráfico de autos y camiones que a esa hora ya circulaban por la carretera.

Se suponía que la otra camioneta con Águila Grande, el "hombre de la pipa" y la mujer Pima llegarían a ese mismo lugar en no más de una hora, así que se estacionaron ahí para esperarlos.

El conductor Pima, bajó del vehículo y fue a la pequeña tienda de la gasolinera para traer unos cafés y unas donas empaquetadas que a todos les cayeron muy bien.

Una hora más tarde Águila Grande y el "hombre de la pipa" aún no habían llegado, por lo que el indio Pima que los llevaba empezó a llamar a Águila Grande a su teléfono celular, sin obtener respuesta.

El hombre les dijo que era muy expuesto seguir ahí, puesto que seguramente estarían llamando la atención del empleado de la gasolinera, además de estar siendo grabados por las cámaras de vigilancia del negocio.

Les dijo que seguirían adelante para cruzar Tucson aprovechando la hora de bajo tráfico y seguir hasta Phoenix, hasta la casa de Águila Grande en esa ciudad y aunque Águila Grande tenía su residencia principal en el poblado Pima de Santa Rosa, había decidido llevar al "hombre de la pipa" y a sus acompañantes hasta Phoenix para quedar más cerca del aeropuerto y no llamar la atención en una ciudad grande, lo cual no sería el caso en Santa Rosa.

Cuando apareciera Águila Grande seguramente los contactaría.

No había otra alternativa y Daniella y el doctor entendieron que así había que hacerse.

Cuando la camioneta entró a la cochera de una casa situada en el lado oeste de la calle McQueen road, en el área de Alhambra, ya dentro de Phoenix, Daniella nó lo podía creer.

Estaba yá en Estados Unidos, completita, tal como el "hombre de la pipa" se lo había prometido.

El indio Pime los ayudo a bajar, abrió la puerta con su propia llave y los invitó a entrar.

Sentados en los cómodos sillones de la sala de estar esperarían noticias de Águila Grande, mientras se refrescaban tomando unos buenos vasos de agua fría.

Después de eso, Daniella le preguntó al Pime cómo podía llamar por teléfono a su esposo Edmund Gartner.

Una muchacha que ya estaba en la casa cuando Daniella y el doctor llegaron con el Pima los llevó en su auto a una caseta de teléfono público de monedas que está a unas calles de ahí, en la esquina del parque La Cholla, justo afuera de un supermercado HEB.

*"Hola Edmund, soy yó"*. Le dijo Daniella apenas él contestó la llamada.

*"¿Adónde estas, estas bien, te hicieron algo?"*

*"Nó, nó Edmund, estoy muy bien"*.

*"Alguien que tú conoces muy bien y del que no te puedo dar el nombre aquí por teléfono, te va a llevar un mensaje a la casa, para decirte adonde estoy y adonde puedes venir por mí. Tú sabrás reconocerlo, así que hazle caso"*.

*"Te quiero mucho y tengo que cortar, porque me dicen que tu línea no es segura"*.

Terminó Daniella la rápida llamada colgando el teléfono, tal como lo había convenido desde un principio con el "hombre de la pipa".

Edmund quedó con una mezcla de alegría inmensa y una gran preocupación.

No había forma de comprobar si efectivamente Daniella estaba bien y en libertad.

A los pocos minutos recibió una llamada del FBI.

Ellos le dijeron que tenían intervenido su teléfono y habían hecho el seguimiento de la llamada que recibió.

No habían tenido tiempo de ubicarla con precisión, pero alcanzaron a averiguar qué ésta había sido hecha desde adentro de los Estados Unidos, posiblemente de una área cercana a Phoenix.

Eso quería decir que Daniella yá no estaba en México y estaba en los Estados Unidos, pero también se sabía que John Hank había aparecido muerto pocas horas antes, en un barranco de la Mesa de Otay, que no está muy lejos de Phoenix.

A continuación el doctor Ruiz, sacó una libreta de la bolsa trasera de su pantalón y colocando varias monedas en el aparato, marcó un largo número.

*"Bueno, habla el Lic. Benítez, ¿en qué le puedo servir?",* preguntó la voz que respondía a la llamada de su celular.

*"Licenciado, mi nombre es Roberto.*

*Yo trabajo muy de cerca con alguien que usted conoce, que vive en la Sierra de Chiapas y fuma pipa".*

*"Usted y él han conversado varias veces".*

*"La última ocasión, fue en una reunión muy privada en una hacienda contigua a la del señor Carlos Slim en Tlaxcala, ¿se recuerda?"*

*"Ese día usted llevaba una chaqueta de gamuza color vino y un reloj Rolex, con una correa de cuero en dos tonos".*

*"Sí, me acuerdo muy bien. Me da gusto saludarlo",* respondió Benítez".

*"¿Cuál es el motivo de su llamada?"*

El doctor Ruiz con voz pausada le dijo:

*"Licenciado, le estoy llamando siguiendo instrucciones de la persona que le mencioné para informarle que la señora Daniella Gartner se encuentra conmigo en los Estados Unidos. Está sana y salva y solo le pido que llame al Senador Ramón Benigno Macías, para que él a su vez, se reúna con el señor Edmund Gartner, para darle los detalles de cómo y en donde recoger a su esposa. Estos datos se los voy a dar a continuación, así que por favor tome nota".*

Benítez estaba casi mudo. Todas las fuerzas policíacas y de inteligencia de México y el FBI, llevaban cinco días buscando por cielo y tierra a Daniella y de pronto, resulta que ella está con los guerrilleros zapatistas de Chiapas, pero en los Estados Unidos.

Si se lo han anticipado, nunca lo hubiera creído.

*"Dígame, dijo Benítez".*

*"Mire usted licenciado",* respondió el Doctor.

*"La señora Gartner está conmigo en la ciudad de Phoenix. Tomaremos un autobús hoy en la tarde, para llegar en la mañana temprano a Denver, Colorado".*

*"El senador Macías, deberá alquilar un avión privado, que no sea el propio, para ir a Denver a una reunión normal de trabajo, que para evitar cualquier sospecha él debe de agendar con representantes locales del partido Demócrata".*

*"Ese avión tiene que llegar al aeropuerto Front Range de aviones privados en esa ciudad, no más tarde de las ocho de la mañana del día de mañana."*

*"Como le acabo de comentar, el senador Macías, debe de informarle personalmente lo antes posible de esto al señor Edmund Gartner, pero ese señor no debe de tomar ninguna acción directa, porque seguramente está siendo vigilado y pondría en peligro todo, justo en el último paso para que la señora Daniella llegue a su casa".*

*"¿Me entendió bien esto que acabo de decirle, Licenciado?".*

*"Dígale también por favor al senador Macías, que la señora Daniella llegará acompañada por algunos de nosotros al aeropuerto Front Range de Denver antes de las nueve de la mañana".*

*"Por cierto, hace un momento, el señor Edmund Gartner acaba de hablar por teléfono con su esposa y en base a esa conversación, él ya está avisado y esperando el contacto de alguien, aunque no sabe que será el Senador Macías quien le llame para darle esta información que yo le estoy pasando".*

Terminando esa frase, el doctor Ruiz colgó el teléfono y tomando del brazo a Daniella, volvieron al auto donde los esperaba la joven que los había llevado hasta ahí.

En el breve regreso a la casa, el doctor le explicó a Daniella que desde dos días antes, el "hombre de la pipa", que recientemente Daniella se había enterado que era un famoso guerrillero mexicano, le había compartido toda esa información a él, dándole instrucciones precisas de que hacer, en caso de que por alguna razón el "hombre de la pipa" no estuviera presente cuando Daniella llegara a Phoenix a la casa de Águila Grande.

De nuevo en la casa, Daniella y el doctor subieron a dos de las habitaciones de la planta alta y al fin cada uno pudo darse un baño. La chica, que resultó ser la hija menor de Águila Grande, estudiante de la Universidad de Phoenix, le prestó ropa limpia a Daniella y les pidió que cuando estuvieran listos bajaran de nuevo a la sala de estar, para esperar la llegada de su Padre, quien los llevaría a la terminal de autobuses Greyhound en la calle Buckeye.

Tan pronto arrancó la patrulla con los dos inmigrantes y su pequeño hijo yá fallecido, Águila Grande enfiló su camioneta Jeep hacia el lado opuesto al que tomaron los agentes fronterizos, quienes se dirigían a tomar la autopista para llegar lo más rápido posible a Tucson.

Águila Grande retomó la brecha del desierto en que venían antes de encontrarse a los mexicanos y cuando iban a no más de una milla de distancia se encontraron en medio de una nube de disparos que salían de entre los matorrales y rocas a ambos lados del camino.

Águila Grande aceleró.

El "hombre de la pipa" tomó uno de los fusiles que traían y trataba de responder al fuego, mientras la camioneta jeep se alejaba del camino para internarse en el desierto.

La camioneta recibió varios impactos, que se alojaron en diferentes partes de la carrocería, rompiendo el cristal posterior y desinflando la llanta trasera izquierda, lo cual no fue suficiente para que Águila Roja se detuviera, habiendo seguido adelante a pesar de que el vehículo perdía estabilidad, inclinándose continuamente y dando bandazos hacia ambos lados.

Estaban en los linderos de la Reserva de los indios Pime que encabeza Águila Grande., oficialmente denominada Tohono

O'odham Nation. Continuaron moviéndose a lo largo de las faldas del monte Bavoquívari, cuya cumbre a 7700 pies sobre el nivel del mar ha sido siempre un símbolo para los pueblos Pimes que habitan a sus pies. Más al norte se alcanzaba a ver el monte Kitt, en cuyas faldas está el poblado de Sells, que es adonde Águila Grande pretendía llegar a como diera lugar.

Aún estaban muy cerca del punto en donde recibieron los disparos, así que no podían arriesgarse a detenerse para reemplazar la llanta trasera, de la cual no quedaba nada.

Mientras tanto en la casa de Phoenix, Daniella y el doctor Roberto conversaban solos tratando de adivinar que podía haberles pasado a Águila Grande y al "hombre de la pipa".

*¿"Los habrá detenido la patrulla"?* preguntó Daniella.

Daniella, preguntó el doctor tratando de desviar el tema de la conversación:

*"¿Cómo se siente de la herida del brazo? Con todo esto no he estado al pendiente de usted como debí de hacerlo".*

*"Estoy bien Roberto, pero me preocupa que podrá haberles pasado. Ya deberían de estar aquí. Vos te das cuenta de que en este último momento las cosas se han complicado y tal vez estemos en mucho riesgo".*

Roberto se levantó del sillón y se acercó a Daniella que en ese momento mostraba claros signos de que no estaba pudiendo mantener el control y la calma después de tantos días tan complicados. Ella estaba llorando y pareciera que se derrumbaba.

*"Daniella, préstame atención"* le dijo Roberto mirándola a los ojos.

*"No puedes darte por vencida ahora. Hay mucho en riesgo para ambos países y para millones de los nuestros. Tienes que seguir adelante".*

Daniella sollozando extendió su mano hacia el doctor y lo jaló para que se sentara en el brazo del sillón en que ella estaba, mientras él la abrazaba acercando su cabeza a la de ella.

*"Daniella, Daniella, por favor, no llores, se fuerte, todos te necesitamos y yó también te necesito".*

Esas últimas palabras del doctor Roberto tuvieron un efecto muy especial en Daniella, en su estado de ánimo y en los mil pensamientos que daban vueltas aceleradamente dentro de su cabeza.

*"¿Que decís Roberto?*

*"Digo Daniella que aunque sé que nunca podré compartir mi vida contigo, no puedo quedarme callado en estos momentos viendo como estas. Quiero que te apoyes en mí, aunque solo sea hoy y nunca más vuelva a verte".*

*"Por algo Dios nos trajo hasta acá, para compartir juntos estos difíciles momentos".*

*"Quiero apoyarte Daniella, como médico y como amigo, pero sobre todo con este sentimiento que no puedo controlar ni esconder, porque Daniella, a pesar de lo que estamos viviendo, nunca había sido tan feliz, como ahora".*

*"En estos pocos días desde que tuve la suerte de encontrarte herida en la camioneta, allá en la Colonia de los Doctores no dejo de pensar en ti".*

*"Después el curarte y la suerte de estar juntos en una buena parte de este peregrinaje de locura para llevarte de nuevo a tu vida, eso Daniella, me tiene roto el corazón. No sé ni espero que me quieras, pero no puedo quedarme callado".*

*"Tenía que decírtelo y solo espero que me perdones y me sigas teniendo confianza para enfrentar lo que nos falta".*

*"Roberto, abrazáme"*, alcanzó a decir Daniella antes de que las lágrimas le brotaran con más intensidad llenando su rostro de un inmenso sentimiento.

Por un buen rato un mágico silencio envolvió aquella habitación en la que solos, Daniella y Roberto se apretaban mutuamente tomados de la mano y sin hablar.

Más tarde, la calma regresó a los sentimientos de ambos y los dos se pusieron de pié manteniéndose muy cercanos, para que Daniella con una dulce sonrisa soltara la mano de Roberto y lo abrazara tiernamente, recostando su rostro en el hombro, mientras el doctor le daba un tenue beso en la frente.

Justo en ese momento sonó el teléfono celular del doctor Roberto. Lo tomó de inmediato separándose de Daniella que con cierta pena se dio la vuelta para asomarse por la ventana que tenía a su espalda.

*"Sí señor, ya estamos en la casa de Phoenix. La señora Daniella está bien, bueno, solo un poco preocupada, pero que bueno que yá vienen en camino. Aquí los esperamos".*

Tres horas después llegaban a la casa Águila Grande y el "hombre de la pipa", a tiempo para tomar un baño rápido, cambiarse con alguna ropa y subirse al auto de la hija de Águila Grande, para que los llevaran a la terminal de autobuses Greyhound de Phoenix para salir rumbo a Denver a donde deberían llegar antes de las 8 de la mañana del día siguiente.

Nuevamente la jornada nocturna era larga, pero era importante no quedarse mucho tiempo en el mismo lugar y llegar a tiempo a la cita en el Aeropuerto de Front Range en Denver.

Yá en el cómodo autobús Greyhound de camino a Denver, esa noche Daniella se decidió a hablar con el "hombre de la pipa".

*"Así que vos sos el famoso y legendario sub-comandante guerrillero. Con razón la cara me era conocida, o mejor dicho la mirada y la pipa, ¿no es ciérto?"*

*"Pues tengo que agradecerte mucho a vos".*

*"Me habés salvado la vida y yá estamos muy cerca de volver a mí casa con mí esposo".*

*"Vos me dijíste que precisabas mi ayuda".*

*"¿Cómo creés que yó puedo ayudarte, porque no soy guerrillera ni revolucionaria?".*

El hombre sacó su pipa vacía y apagada, y jugando con ella entre las manos, le dijo a Daniella:

*"Mire usted señora, como mejor me puede apoyar es convenciendo a su esposo que la mejor forma de ayudarse y ayudar a México, es invirtiendo en la creación de fuentes de trabajo en México, y no dándole millones al gobierno de México, para que se los manejen libremente los políticos y su selecto grupo de amigos empresarios".*

*"Seguramente el gobierno americano y los amigos de su esposo van a seguir tratando con las mismas gentes en México, pero ustedes pueden cambiar las reglas del juego".*

*"La corrupción solo funciona cuando las dos partes están enredadas, así que no se vale que digan que ustedes también son inocentes".*

*"Si no hacen eso, no van a poder detener nunca el flujo de gente cruzando la frontera, por el río Bravo o por el desierto, tal como nosotros lo hicimos anoche, al igual de esos pobres que nos encontramos con su hijo muerto en brazos".*

*"Ayúdeme a conseguir la oportunidad de hablar con su esposo y con el Senador Macías. No nos conocemos, pero estoy seguro que ellos me van a entender".*

*"Nosotros estamos dispuestos a bajar de la sierra o a salir de la selva para dejar las armas, si hay un compromiso serio y definitivo para nuestra gente".*

*"Estamos dispuestos a pasar de ser una fuerza militar a ser una fuerza política".*

*"Yá son muchos años de lucha y otras gentes más jóvenes están tomando los puestos de reemplazo en nuestro movimiento".*

*"Ellos no están viciados y se merecen una oportunidad de luchar por México, sin arriesgar sus vidas en escaramuzas con el ejército y sin tener que andar a salto de mata, escondiéndose en el monte o en los barrios oscuros de las ciudades".*

Daniella le sonrió y le dió un fuerte apretón de mano.

Después de eso, Daniella se asomó al asiento posterior para comprobar que el Doctor Roberto yacía plácidamente dormido.

Pocos minutos después, tanto Daniella como el "hombre de la pipa" también se quedaron dormidos y solo despertaron al hacer el autobús una parada a la mitad del camino en Albuquerque, y finalmente al llegar a Denver los tres despertaron de nuevo, justo cuando daban las siete treinta de la mañana del viernes 7 de agosto.

# CAPITULO TRECE

## SI LOS DEL CNTE LO HACEN, NOSOTROS TAMBIEN Y MEJOR

El jet alquilado aterrizó el viernes 7 de agosto en el aeropuerto FTS (Front Range Airport) de Denver, a las ocho horas con seis minutos de la mañana. Carreteó por la pista de acceso y se detuvo frente al hangar de la empresa Charter Jets.

Cuando abrieron la puerta del avión para que bajara la escalerilla, una limosina negra yá esperaba al senador Benny Macías, quien descendió rápidamente junto con su asistente, para llevarlos al hotel Hyatt a un desayuno con líderes locales del partido Demócrata.

Luego, la tripulación con excepción de un piloto de reserva que llevaron para ese vuelo bajó del avión para tomar algo en el Aviator Café, que está en el edifico principal del aeropuerto. Sentados ahí, esperaron el regreso del senador Macías para llevarlo de vuelta a Washington dos horas más tarde.

De acuerdo con el plan definido por el "hombre de la pipa", el cual había sido transmitido por el Doctor Ruiz en su llamada telefónica al Licenciado Benítez, quien a su vez lo pasó al senador Benny Macías; la misma limosina negra utilizada previamente para llevar al senador Macías y a su asistente al hotel Hyatt, fue a buscar a Daniella, al "hombre de la pipa" y al doctor Roberto a un café situado en la esquina de Chamber

Road y la avenida Colfax, para llevarlos de inmediato al aeropuerto FTS.

Al llegar al hangar, Daniella y sus acompañantes bajaron de la limosina y directamente subieron la escalerilla del jet privado, acompañados del asistente del senador.

La puerta del avión fue abierta desde el interior por el tercer piloto, quien regresó de inmediato a la cabina de mando, mientras los recién llegados se acomodaban en la cabina de pasajeros.

Cuando yá estaban instalados en sus lugares, la puerta del avión se había cerrado de nuevo y ellos estaban hablando en voz baja sin dejarse ver por las ventanillas, el tercer piloto salió de su cabina y se acercó al grupo al tiempo que se quitaba la gorra azul del uniforme.

*"Edmund, ¿eres tú?"*

Gritó con emoción Daniella, al reconocer a su esposo que ya se inclinaba para abrazarla.

El abrazo fue eterno o al menos eso le pareció al guerrillero, que sin soltar su pipa veía como Edmund Gartner III, uno de los capitalistas más fríos y ricos del mundo, también tenía sentimientos tan humanos como los de cualquier persona.

Pasada la sorpresa de encontrarse nuevamente Daniella se enjugó las lágrimas de alegría y emoción, para luego presentar al "hombre de la pipa" y al doctor Roberto con su esposo, mientras con palabras apresuradas trataba de describir la experiencia que había pasado y como aquellos dos hombres que la acompañaban le habían salvado la vida, primero al momento del ataque y de recibir una herida en la ciudad de México y posteriormente, arriesgando la suya propia, para llevarla sana y salva hasta Denver.

Media hora después, ya con más calma, Daniella pidió a su esposo Edmund Gartner que le diera la oportunidad al "hombre de la pipa", que por cierto la traía guardada en el bolsillo de su chaqueta, de sostener una conversación ahí mismo con él y con el Senador Macías, ya que ella estaba convencida de que lo que ese hombre iba a decirle sería de un enorme interés y valor para su esposo, para el Senador y para su país, además de que se había comprometido a que esa conversación se llevara a cabo en la primera oportunidad.

Tendrían mucho que hablar en el viaje de regreso a Washington, una vez que el Senador Macías volviera al avión. Acto seguido Edmund Gartner le llamó por teléfono al Senador para confirmarle que su esposa yá había llegado y estaba con él y que lo esperaban dentro del avión para regresar a casa una vez que terminara su desayuno de trabajo.

Diez minutos más tarde el licenciado Benítez entró casi corriendo al despacho del Presidente de México, casi sin tocar la puerta.

"Todo está resuelto, señor". Le dijo al Presidente, quien estaba en su despacho reunido con su amigo y colaborador, Manuel Díaz, Secretario de Gobernación.

"La señora Gartner llegó sana y salva de regreso en algún lugar de los Estados Unidos. El senador Macías me lo acaba de confirmar hace un momento. Él no la ha visto todavía pero la señora yá se reunió con su esposo, el señor Edmund Gartner".

"Hay muchos detalles señor, que en cuanto usted disponga, puedo explicarle con calma, pero lo importante es que una vez que apareció la señora Gartner, el Senador Macías me ha dicho que pronto espera buenas noticias y que durante el día de hoy espera poder confirmárnoslas en definitiva".

El Presidente le respondió:

*"Ahora si ya podemos citar de nuevo a todos mis colaboradores e invitados especiales para celebrar la reunión definitiva en la que les daremos a conocer nuestro plan, ah y por favor transmita al Estado Mayor mis instrucciones para que continúen con sus investigaciones y nos aclaren como y quien llevo a cabo la desaparición de esta señora y como es que ahora reaparece en los Estados Unidos".*

*"Tenemos que conocer muy bien todo lo relacionado con este incidente y tomar medidas para que no sucedan cosas como esta, sin que ni siquiera estemos prevenidos y sobre todo saber quien está atrás de esto. ¿Verdad Manuel?".*

Benítez le contestó:

*"Si señor Presidente, de inmediato hablaré con ellos. Pierda cuidado y personalmente estaré al pendiente del avance y resultados".*

*"Como usted bien sabe señor, todos ellos están muy inquietos, tratando de adivinar qué es lo que usted les va a plantear, porque con lo poco que les dijo en la primera reunión, francamente señor Presidente, solo tienen conjeturas y sospechas de por donde podrá venir su proposición, además de que les cuesta mucho mantener la boca cerrada".*

*"Pero la verdad, eso es gracias a que no se imaginan lo que se les vá a proponer, en base a lo que ya se negoció con los americanos",* intervino el Secretario de Gobernación.

El Presidente se levantó de su mesa de trabajo y exclamó:

*"¡Manuel, te aseguro que los vamos a sorprender!"*

*"Los americanos jamás se imaginaran lo que vamos a hacer. Esto que juntos hemos creado es una muestra clara de nuestra agudeza política.*

*Ellos al igual que otros países desarrollados están muy orgullosos de su madurez democrática y a lo largo de los años han ido creando límites que todos o casi todos en su sociedad ven como normales o correctos.*

*Nosotros por el contrario por nuestra esencia genética y por nuestra ......¿Cómo lo diré?.......sí, por nuestra única y muy diferenciada perspicacia y creatividad, somos capaces de encontrar con originalidad nuevos límites, abrir nuestros horizontes, pensar e imaginar con certeza mucho más allá que el resto, eso Manuel, eso somos nosotros, los verdaderos y auténticos políticos mexicanos".*

*"Manuel, mañana temprano todos los miembros del gabinete y los personajes más importantes del país estarán aquí presentes para escucharme".*

*"Quiero que a partir de este momento, trabajemos los dos aquí mismo y sin interrupciones ni llamadas, para afinar mi discurso. Necesito que todo salga perfectamente bien, así que tomemos asiento y empecemos, y te prometo que cuando esto salga adelante, te doy chance de que te armes unos rompecabezas, escuchando esas de José José que tanto te gustan".*

El presidente se irguió frente a su escritorio y mirando a los ojos al Licenciado Manuel Díaz, dijo con voz firme:

*"Señores y señoras, en los últimos días, reunidos aquí en este mismo salón, hemos analizado el peligro inminente que corren nuestro país y los más de diez millones de mexicanos inmigrantes que están indocumentados en los Estados Unidos".*

*"Les he invitado nuevamente para hacer de su conocimiento que hemos recibido la confirmación formal del apoyo financiero extraordinario que negociamos con los Estados Unidos, de un número muy importante de billones de dólares, destinados a financiar nuestra estrategia y planes de acción"*

*"Me acaban de confirmar que el escollo que impedía la disponibilidad de este dinero ya no existe, y fue resuelto sin mayores problemas, por lo tanto, podemos considerar que el financiamiento para llevar a cabo nuestras acciones por la Patria yá está listo para que México lo reciba prácticamente de inmediato".*

*"Quiero recalcar muy claramente que nosotros los aquí presentes, y repito, los aquí presentes, seremos los únicos encargados de administrar estos importantes recursos, necesarios para desarrollar las estrategias políticas y sociales que nos permitirán a todos nosotros ser los protagonistas indiscutibles del establecimiento de esta plataforma de defensa y apoyo a nuestros hermanos en el extranjero y a la dignidad nacional".*

*"Para logra lo anterior, todos nosotros, deberemos de tomar hoy, aquí mismo, una decisión muy importante, a la vez que patriótica".*

*"Estamos en la encrucijada histórica que sólo nuestro liderazgo y amor a México pueden resolver".*

*"Esos fondos billonarios, además sanearán definitivamente nuestra economía y robustecerán nuestra moneda".*

*"Pero para ello, es indispensable que antes de cualquier acción estemos todos absolutamente comprometidos y de acuerdo".*

*"Ésta decisión es la única y mejor opción que tenemos en este momento, para evitar la catástrofe que estamos a punto de sufrir".*

*"Cuando hablo de catástrofe nó estoy exagerando y ahora verán ustedes a que me refiero".*

*"Señores y señoras, imaginen ustedes por un momento el impacto devastador que puede tener para nuestro país, para nosotros mismos y para cada uno de nuestros compatriotas,*

*de nuestras familias, de nuestros hijos y de las generaciones que nos sigan; si de un día para otro, en adición a la crisis económica que ya padecemos, son expulsados en un lapso muy corto de regreso a México, de uno a tres millones de los mexicanos que hoy viven en el vecino país del norte".*

*"Todos ellos llegarían sin dinero, sin trabajo y representando una carga a sus familia, a las cuales previamente ayudaban económicamente mediante los envíos de remesas que les hacían".*

*"Como consecuencia, el impacto en nuestra economía al recibir a esa enorme cantidad de connacionales en tan breve plazo y el hecho de tener un conflicto serio con los Estados Unidos, nos causará adicionalmente la pérdida entre muchas otras cosas, del veinte por ciento de nuestras exportaciones no petroleras, del setenta por ciento de la inversión extranjera que es la que proviene de los Estados Unidos, del setenta por ciento del turismo y del noventa por ciento de las remesas de dólares que hoy cada mes, envían los paisanos del otro lado a sus familias en México".*

*"Además, esa posible confrontación diplomática con los Estados Unidos, puede llegar a involucrar en alguna forma la participación de fuerzas militares. Y aquí no me estoy refiriendo solo al costo económico, sino a la posibilidad de un conflicto armado, de daños a nuestras infraestructuras de comunicaciones, de generación de energía, aeropuertos, carreteras, líneas férreas, poblaciones y puertos principalmente en el norte de nuestro país".*

*"En este documento confidencial que tengo en mis manos, está el análisis detallado de escenarios e impacto económico, social y político que México tendría de darse la aprobación y ejecución de la Operación El Álamo por parte del Gobierno de los Estados Unidos".*

*"Como ustedes saben, esta iniciativa nació en el ala más conservadora del Partido Republicano de los Estados Unidos*

*y en un esfuerzo para atraer más votos para las próximas elecciones presidenciales del año 2016, por los últimos meses han estado aprovechando su mayoría en la Cámara de Representantes y la crisis económica de su propio país, para manipular políticamente los votos en el Senado y lograr así una aprobación del Congreso de esta iniciativa, a pesar y por encima de la oposición de su Presidente".*

*"El impacto de la Operación El Álamo en nuestra economía y hasta en nuestra independencia y dignidad puede ser enorme y no podemos permitir que esto pase".*

*"Afortunadamente tenemos la maravillosa oportunidad, no solo de impedirlo con dignidad y patriotismo, sino de lograr adicionalmente inmensos beneficios para engrandecer a nuestra patria".*

*"Por lo anterior, pido a todos ustedes su apoyo decidido, patriótico e incondicional para presentar mañana mismo al pleno del Congreso, una iniciativa unificada de la naciente Plataforma Nacional de Acción Ciudadana, apoyada por todos los partidos políticos para qué llevemos a cabo a nivel nacional el siguiente plan de acción:"*

*"Establecer a partir del primer día del próximo mes, de manera permanente a lo largo de la frontera común, la Cadena Humana por México, que conoceremos por sus siglas CHM, cuyo nombre completo es el de Cadena Humana de Patriotas Mexicanos en Protesta Pacífica por la Dignidad Nacional y los Derechos Humanos.*

*La CHM estará asentada a todo lo largo de la línea divisoria en concentraciones pacificas muy importantes de mexicanos, cubriendo cada uno de los cruces de caminos entre ambos países, y las áreas específicas de asentamiento potencial de los centros de control de la Operación El Álamo".*

*"Aquí quiero ser muy claro: Cuando hablo de una Cadena Humana y Pacífica de Patriotas Mexicanos concentrados*

*a lo largo de la frontera, estoy hablando de movilizar a tres millones de compatriotas, nosotros incluidos, para que llevemos a cabo en forma continua y permanente, de día y noche protestas públicas multitudinarias, las cuales por supuesto, nos encargaremos de que tengan inmensa cobertura internacional en todos los medios y en las redes sociales".*

*"Recuerdan ustedes los Plantones de CNTE del año 2013 en el Zócalo de esta ciudad, pues eso fue un juego de niños".*

*"Ahora todos los sindicatos, empleados gubernamentales y alumnos de los sistemas de educación pública del país, serán movilizados en grupos previamente organizados, para que roten cada dos o tres semanas en los puntos de asentamiento específicos de la frontera que les sean asignados".*

*"Cada uno de ellos, recibirá una compensación extraordinaria por su compromiso de servicio participando en las Protestas pacíficas para la Defensa de la Dignidad de la Patria y de los Derechos Humanos.*

*Esta compensación será equivalente a un año de diez salarios mínimos, además de que cada participante recibirá seguro médico familiar y becas de estudio para ellos o para sus familiares inmediatos".*

*"Dado que el riesgo de conflicto armado es alto, nuestras fuerzas armadas estarán presentes incorporadas y uniformadas como Policías Nacionales, ya que debemos asegurar que nuestro plantón sea totalmente pacífico y por ningún motivo suceda ningún incidente o provocación violenta por nuestra parte".*

*"Esos Policías Nacionales también serán los responsables de la entrega de los alimentos a todos los Patriotas mexicanos que nos acompañen".*

*"Déjenme recalcar los puntos más importantes para que todos estemos de acuerdo y comprometidos patrióticamente":*

*"El objetivo de la Plataforma de Acción Ciudadana por México es el de organizar las acciones de la Cadena Humana por México, CHM, para llevar a cabo plantones masivos y gigantescas manifestaciones multitudinarias permanentes, controladas y pacíficas de ciudadanos mexicanos, y subrayo: controladas y pacíficas, frente a todos los cruces fronterizos de todas las poblaciones de la frontera de nuestro México con los Estados Unidos, y a las puertas de la Embajada Estadounidense y de todos y cada uno de sus consulados norteamericanos en nuestro país".*

*"Debemos posicionar tres millones de mexicanos y mexicanas en forma pacífica en la Frontera con Estados Unidos en los próximos treinta días. Estas movilizaciones y manifestaciones masivas serán permanentes hasta que tengamos la seguridad de que la Iniciativa El Álamo no se aprueba y se deshecha".*

*"Las dos líneas de acción de nuestra estrategia son:"*

*"Primera: La divulgación y visibilidad internacional de nuestro movimiento, apoyada por una estrategia diplomática al más alto nivel, tanto con los Estados Unidos, como con los organizamos internacionales como la ONU y la OEA, así como con todos los países del mundo".*

*"Segunda: La logística para la instalación de los campamentos de asentamiento en toda la frontera, los cuales tendrán instalaciones para vivir en forma cómoda y sana, con electricidad, agua, servicios sanitarios, clínicas y servicios de salud, alimentos, seguridad, servicios de asistencia social, telefonía, internet y televisión, los cuales serán proporcionados mediante un programa específico del Gobierno Federal".*

*"Desplegaremos nuestra Cadena Humana de Patriotas Mexicanos en Protesta pacífica por la Dignidad Nacional y los Derechos Humanos, con tres millones de patriotas mexicanos a lo largo de una franja de 400 metros de profundidad, es decir de casi medio kilómetro, a lo largo de los tres mil doscientos*

*kilómetros de frontera común, para tener una cobertura de casi mil doscientos kilómetros cuadrados".*

*"El promedio de cobertura por metro cuadrado en todo nuestro plantón fronterizo será de dos y medio mexicanos por metro cuadrado.*

*Les doy este número para tener una idea de cómo estaremos repartidos los tres millones de mexicanos que viviremos ahí durante el tiempo que sea necesario para llevar adelante nuestra Cadena Humana de Patriotas Mexicanos en Protesta pacífica por la Dignidad Nacional y los Derechos Humanos.*

*En las ciudades de Tijuana, Nuevo Laredo y Matamoros habrá un posicionamiento especial de trescientos mil Mexicanos".*

*"He dado instrucciones específicas a los Secretarios de Gobernación, de la Defensa Nacional y de la Marina, para asegurarse de que no haya ningún incidente violento, ya sea de origen interno y mucho menos ligado a esta estrategia pacifista y patriótico".*

*"Respetaremos totalmente a cualquier ciudadano norteamericano, sea o no simpatizante de la Operación El Álamo".*

*"Hoy es el momento de dejar atrás nuestras diferencias internas y unirnos para defender a nuestra Patria.*

*Contamos con el apoyo incondicional de un sector importante de la sociedad y de la política Norteamericana, integrado principalmente por miembros del Partido Demócrata, quienes nos están financiando como dije antes para llevar a cabo esta nuestra Cadena Humana de Patriotas Mexicanos en Protesta Pacífica por la Dignidad Nacional y los Derechos Humanos, y que por supuesto están trabajando intensamente en su país, para evitar la aprobación del su Congreso de la iniciativa del Plan El Álamo, lo cual sería la solución de fondo de toda esta situación".*

*"En el momento que ellos logren tirar abajo internamente la iniciativa de la Operación El Álamo o bien que esta sea aprobada y nuestra Cadena Nacional CHM genere la indignación y reacción internacional suficiente para detenerla, estaremos en posición de levantar nuestro movimiento y todos nos podremos reincorporar a nuestra vida normal, como los verdaderos Patriotas Mexicanos que somos".*

El impacto es inimaginable, no podemos permitir que esto pase.

Afortunadamente tenemos en nuestras manos una maravillosa oportunidad, no solo de impedirlo con dignidad y patriotismo, sino de lograr adicionalmente inmensos beneficios para engrandecer a nuestra patria.

Por lo anterior, pido a todos ustedes su apoyo decidido, patriótico e incondicional para llevar mañana mismo al pleno del Congreso, nuestra iniciativa unificada de todos los partidos políticos.

*"¡Muchas gracias.......Viva México!"* Así terminó casi jubiloso el Presidente.

El Licenciado Díaz no resistió la tentación y aplaudió a su jefe con emoción mientras se ponía de pié.

Ahora había que esperar a que el reloj avanzara hasta la noche y que previamente se recibiera la confirmación positiva del Senador Macías para seguir adelante.

El avión despegó muy temprano sin problemas del aeropuerto Front Range de Denver, con una ruta autorizada hacia Washington D.C.

En él viajaba una tripulación de tres personas, el senador Macías, Daniella, el hombre de la pipa, el doctor Ruiz, el asistente personal del senador y por supuesto el tercer piloto, ahora como Edmund Gartner III.

Cuando el vuelo llevaba recorrido dos tercios de su ruta, el piloto se comunicó al Centro de Control de Área de Tráfico Aéreo (ATC) que le correspondía el monitoreo del vuelo, en ese segmento de doscientas millas de su trayectoria a la capital del país.

El jet debería estar volando a una altura asignada de 20,000 pies, sin embargo en ese momento ya había descendido a 12,000 pies.

El piloto, solicitó autorización para aterrizar de inmediato en el Aeropuerto Regional de la ciudad de Winchester, en el estado de Virginia, con siglas Okv, a fin de revisar una posible falla que marcaba un componente de redundancia de los circuitos electrónicos del piloto automático de la nave.

El centro de Área los conectó de inmediato con la torre de control del aeropuerto de Okv, a fin de que el sistema TRACON de esa terminal, con cobertura y control de 50 millas, manejara su nueva ruta, altitud y aproximación de aterrizaje.

A los pocos minutos se asignó una nueva trayectoria y plan de aterrizaje en la población de Winchester. Los servicios de emergencia del aeropuerto fueron puestos en nivel de alerta y una empresa local de mantenimiento de aviones, inició los preparativos para tener disponible un equipo técnico, que revisara el aparato tan pronto como aterrizase.

El jet tocó tierra sin problemas y se dirigió de inmediato al hangar de Duncan Aviation, en el extremo sur de esa terminal. Se detuvo frente al enorme hangar y un tractor lo enganchó para jalarlo lentamente hasta el interior.

De inmediato, se abrió la puerta y un grupo de cinco técnicos de mantenimiento en uniforme blanco de trabajo, subieron al interior del avión, mientras otros dos en el exterior, se acercaron para abrir las puertas de registro de componentes, situadas en la parte inferior del fuselaje y en las alas.

Una vez que los cuatro hombres y una mujer revisaron el avión, bajaron al hangar y abordaron una camioneta Van de la empresa Duncan Aviation que se dirigió hacia sus oficinas situadas a poca distancia en la esquina de Airport Road y de Buffick Road.

Veinte minutos más tarde, el jet despegaba nuevamente rumbo a Washington, después de que le fue reemplazado un componente electrónico, llevando aparentemente a todos sus pasajeros originales más un técnico proporcionado como apoyo adicional por la compañía Duncan Aviation.

Por cierto, el accionista mayoritario de Duncan Aviation está registrado como Edmund Gartner III.

Mientras tanto el Senador Philip Farland, Edmund Gartner III, su esposa Daniella Gartner, el misterioso pasajero mexicano con su pipa apagada y un acompañante adicional viajaban en dos camionetas con cristales polarizados por la carretera estatal 50, para luego incorporarse a la famosa Ruta 66 y después de cruzar por arriba del Rio Potomac, finalmente entrar al área metropolitana de la capital del país.

Al llegar Daniella advirtió con gusto que ese atardecer del viernes 7 de agosto era el primero de muchos que iba a disfrutar acompañada por su esposo, de regreso a su vida diaria.

La reunión en la casa del Senador Philip Garland situada en una tranquila calle de la conocida área residencial de Logan Circle se inició con un ligero almuerzo en el que también participaron algunos otros invitados que ya estaban ahí esperándolos cuando ellos llegaron de Winchester y que eran la totalidad de los miembros del Comité de Campaña del Congreso del Partido Demócrata.

Comieron informalmente rebanadas de pizza y refrescos, para luego pasar al salón en donde al propio Philip les dio la bienvenida y presentó a todos al "hombre de la pipa", como su invitado especial.

Luego el Senador Philip Garland explicó a todos los miembros, que gracias al afortunado rescate de la Señora Daniella Gartner y de su rápido y seguro traslado a los Estados Unidos, llevado a cabo por el invitado especial de esa reunión, la familia Gartner estaba ahora reunida y feliz, pero además, en forma muy importante y de gran trascendencia, durante el vuelo de regreso a Washington, Edmund Gartner III y Benny Macías habían podido conocer al invitado especial, Ramiro Barbosa Cobos y más importante aún, tuvieron la oportunidad extraordinaria de conversar con él.

Como resultado de esa conversación, hoy ellos dos, el Senador Philip Garland y Edmund Gartner III, les darían a conocer una nueva propuesta extraordinaria de una alternativa desarrollada como resultado de todo lo que se ha analizado previamente y de lo hablado con el invitado especial durante el viaje desde Denver.

Sin duda la nueva alternativa por sus ventajas les permitirá a los Demócratas detener con efectividad la aprobación de la Operación El Álamo, pero sobre todo, ganar las elecciones presidenciales y las elecciones legislativas número 115 del siguiente año, alcanzando mayoría y control de ambas cámaras, con más senadores y representantes del Partido Demócrata electos y por supuesto, con Philip Farland, como Presidente electo de los Estados Unidos.

Philip continuó: *"Antes de entrar en materia, quiero a nombre de todos los aquí presentes y de todos los ciudadanos de nuestro país, agradecer al Señor Ramiro y a sus colaboradores, su inmensa contribución al rescatar, atender medicamente y traer hasta aquí a la Señora Gartner".*

*"Pido a todos ponerse de pie y despedir al amigo Ramiro con un aplauso, pues él se retirará ahora de este salón para finalmente tomar un buen descanso como huésped de la familia Gartner".*

Todos los presentes se levantaron y aplaudieron, mientras Ramiro, o sea el "hombre de la pipa", se levantaba y saludando con el brazo en alto, se retiraba del salón para encontrarse con Daniella y con el doctor Roberto que lo esperaban en el vestíbulo de la residencia, para que los llevaran a la casa de los Gartner, en donde seguramente estarían alojados.

Acto seguido, el Senador Philip Farland tomó la palabra nuevamente para pedirles que de inmediato todos se presentaran en las Oficinas centrales del Partido, en donde que tendrían una reunión extraordinaria a partir de las diez de la noche con el equipo extendido para dar a conocer la nueva propuesta conjunta que él y Edmund Gartner III presentaban a todos ellos para su discusión y aprobación inmediata. Ya había un autobús especial esperándolos afuera de la casa del Senador para llevarlos a las oficinas del partido en el centro de la ciudad.

# CHAPTER FOURTEEN

## LA ESTRATEGIA FINAL

Las oficinas de Partido Demócrata en Washington están ubicadas en un largo edificio de cuatro plantas que se extiende por el lado norte de la calle Ivy a partir de la esquina con la avenida South Capital.

El viaje desde la Casa del Senador Philip Garland fue rápido ya que en la autopista 395 no había mucho tráfico en dirección al Potomac.

El grupo de miembros del Comité de Campaña del Partido Demócrata en el Congreso al llegar al amplio estacionamiento que esta frente al edificio del partido se bajó del autobús para cruzar la calle Ivy y entrar a las oficinas, que a esa hora del anochecer del viernes 7 de agosto ya estaban casi vacías.

Como aún faltaba media hora y dos participantes que venían en auto aun no llegaban, decidieron entrar primero a tomar algo en el Club Nacional Demócrata, que está en la planta baja en el lado Este del mismo edificio.

Diez minutos antes de la nueve de la noche tomaron su vaso de café y caminaron hasta llegar y tomar asiento en la sala de juntas de las oficinas del Comité de Campaña del cual todos formaban parte.

Una vez que todos estaban instalados, Philip Farland se puso de pié frente al grupo dirigiéndoles las siguientes palabras:

*"Nuestra estrategia original, para frenar la aprobación temprana de la Operación El Álamo, antes de las nominaciones de Candidatos a las elecciones del próximo año y de las votaciones Primarias, se basó en los siguientes tres Planes de acción".*

*"La primera acción es la negociación política interna que estamos llevando a cabo y que seguiremos desarrollando en ambas Cámaras y con los personajes clave de mayor influencia política de nuestro país y en especial en el Partido Republicano".*

*"La segunda acción fue con el Gobierno de México, la cual esta negociada pero aún no confirmada por nuestra parte con ellos, lo cual están esperando suceda esta misma noche.*

*Esta acción por nuestra parte es exclusivamente de financiamiento preferencial de diez billones de dólares para que el Gobierno de México lleve adelante un plan de acción llamado Plataforma Nacional de Acción Ciudadana, que ha sido diseñado personalmente por el Presidente, para llevar a cabo la movilización y cobertura de tres millones de habitantes de la población civil de México, ocupando una franja a todo lo largo de las dos mil millas de la frontera común, para que mientras sea necesario, esos tres millones de personas permanezcan acampados ahí, impidiendo con ello, en forma pacífica, cualquier intento de instalación de los Centros de Control Migratorio en el lado Mexicano, previstos en la Operación El Álamo".*

*"Esta gigantesca manifestación pacífica de ciudadanos mexicanos por los Derechos Humanos de los migrantes y la independencia de México tendrá amplísima visibilidad global y permanente en todos los medios de comunicación, para influenciar a la opinión mundial y de esa forma presionar seriamente a los Estados Unidos para no llevar a cabo las*

*masivas detenciones y deportaciones de más de un millón de indocumentados de la Operación El Álamo".*

*"La tercera acción que planteamos hace dos días y que aún no hemos iniciado, es la estrategia para atraer el Voto Hispano o Latino a nuestro Partido y Candidatos".*

*"¿Porque estamos aquí en una noche de viernes?"* Comentó Philip Farland.

*"Hasta esta mañana el plan de acción era exactamente el que les acabo de mencionar, el cual en la parte relativa a México está acordado que el Presidente mexicano lo anuncie oficialmente a sus colaboradores cercanos mañana sábado 8 de agosto a primera hora".*

*"Esta es la razón por la cual debemos analizar y decidir esta misma noche la nueva estrategia y propuesta que les vamos a presentar, que consideramos mucho más positiva y efectiva".*

*"Por último, antes de entrar en materia, debo mencionar que todo ese plan de acción del Gobierno de México para establecer en su línea fronteriza una protesta permanente y pacífica de tres millones de Mexicanos, cuyo costo rebasa los diez billones se planeaba financiar mediante la aportación voluntaria de los recursos de las instituciones financieras que representa Edmund Gartner III".*

*"¿Si tienen alguna pregunta, por favor háganmelo saber"?*

*"Bien, ahora revisemos en que situación estamos":*

*"La Operación El Álamo se generó dentro de un grupo de fuerte influencia política dentro de la extrema derecha del partido Demócrata de los Estados Unidos y con el objetivo de que los nuevos puestos de trabajo que se empezaban a abrir con el despegue de la economía norteamericana en al año 2016 fueran aprovechados por "auténticos" estadounidenses nacidos en el país y no cayeran en manos de miles de*

*indocumentados, primordialmente "hispanos" de origen mexicano, centroamericano y de otros países del sur del Río Grande. La iniciativa Operación El Álamo tenía dos estrategias principales de acción":*

*"Primero: Detener a la mayor parte de los inmigrantes ilegales provenientes de América Latina que ya se encuentran en los Estados Unidos y deportarlos a México mediante un proceso rápido y efectivo".*

*"Segundo: Blindar la frontera entre Estados Unidos y México mediante una red de 16 Centros de Control de Inmigración del gobierno norteamericano, establecidos a ambos lados de la línea fronteriza entre los dos países y operados por Agencias de los Estados Unidos.*

*"Las funciones planeadas para esta red de diez y seis Centros de Control de inmigración son el repatriar a México a los miles de indocumentados a ser detenidos e impedir su reingreso a los Estados Unidos y la entrada de nuevos indocumentados por la frontera sur del país".*

*"Este es un punto crítico ya que puede implicar una invasión limitada a un país extranjero y la Constitución Mexicana nó permite operaciones militares extranjeras en su territorio y las diplomáticas están reguladas y sujetas a límites y a criterios establecidos y acordados previamente mediante convenios internacionales".*

*"Por lo anterior nó podemos permitir que la iniciativa de la Operación El Álamo sea aprobada por el Congreso justo antes de las elecciones presidenciales del 2016".*

*"¿Está claro en todos ustedes en que consiste la Operación El Álamo, cuáles son sus alcances y consecuencias y en qué punto estamos nosotros como Partido Demócrata ante esta amenaza?"*

*"Senador, tengo una pregunta"* dijo Francis Perkins, Representante de California.

*"Entiendo que ya tenemos una estrategia de acción discutida y aceptada y que se están ejecutando acciones muy dirigidas tanto en nuestro país como con el gobierno de México a muy alto nivel. De hecho en esta misma semana yó en lo personal al igual que varios de nuestros colegas, hemos tenido diversas reuniones promoviendo nuestra posición".*

*"Si Senador Perkins"*, respondió Philip Farland.

*"¿Cuál es entonces el cambio y la razón para una nueva propuesta por parte de ustedes. Es para el tema del Voto Hispano o para los otros dos planes de acción estratégicos?"*

*"Francis, entiendo tu pregunta y para responderla con toda claridad y que no queden dudas en ninguno de los que hoy estamos aquí, en breve les vamos a presentar con detalle la nueva propuesta de acción, la cual también involucra cambios mayores a la estrategia original a seguir, tanto en nuestro país como en México".*

*"Pero primero revisemos nuestros objetivos, para que todos podamos apreciar las ventajas diferenciales de la nueva estrategia para el logro de esos objetivos".*

*"Les pido a todos ustedes que nos den la oportunidad de plantear las cosas de esta forma. ¿De acuerdo?"*

*"Los tres objetivos fundamentales de nuestra estrategia como Partido Demócrata para las próximas elecciones del año 2016 son:"*

*"1º. Ganar las elecciones presidenciales del 2016, la mayoría legislativa en el Congreso, tanto en las Cámaras de Senadores y de Representantes y ganar por lo menos dos Gobernaturas adicionales a las 21 que ya tenemos".*

*"Estas nuevas Gobernaturas que vamos a ganar son las de los estados de Indiana, Carolina del Norte, Dakota del Norte y Utah, que hoy tienen Gobernador Republicano que intentarán la relección el próximo año".*

*"Por supuesto que también ganaremos las elecciones en los cinco estados que hoy tienen Gobernador Demócrata con término fijo, para los que propondremos nuevos candidatos y las de los tres estados que hoy tienen Gobernadores Demócratas que van por la reelección y por supuesto, ganaremos la reelección de nuestro querido amigo Alejandro García, Gobernador del Estado Asociado de Puerto Rico".*

*"Con solo dos gubernaturas adicionales a las que ya tenemos, nuestro Partido Demócrata obtendrá la mayoría de Estados, con un gobernador más que los Republicanos, todo ello principalmente gracias al Voto Hispano en el 2016".*

*"2º. - Antes de que inicie el proceso de nominación de precandidatos, convenciones de los Partidos y Elecciones Primarias, detener la aprobación por el Congreso de la actual legislatura 114 de la Iniciativa de la Operación El Álamo".*

*"Este proceso se iniciara mañana sábado 8 de Agosto a primera hora en Des Moines, Iowa, con la apertura del Sondeo Presidencial del Partido Republicano en ese estado, que es el primer evento formal de la carrera para ganar las elecciones presidenciales, la cual termina el día 8 de Noviembre de 2016".*

*"3º. - Desarrollar el programa "Amigos & Friends" para conjuntamente con México tomar ventaja de la oportunidad de crecimiento y expansión económica que se está generando para el desarrollo y creación de fuentes de trabajo en ambos países, con lo se crearán muchos nuevos empleos en Estados Unidos para los trabajadores estadounidenses y nuevos empleos en México, disminuyendo en esta forma el flujo de migrantes indocumentados procedentes del país vecino, que como todos sabemos vienen a nuestra tierra en busca de un*

*trabajo y condiciones de vida que no tienen en su lugar de origen".*

*"Ahora bien, para lograr cumplir esos tres objetivos estamos proponiendo una nueva estrategia de acción política y para ello quiero pedirle a nuestro Presidente de Partido, el amigo Frank Oharly que pase al frente, para juntos presentarles para su aprobación y ejecución inmediata nuestra propuesta".*

Frank agradeció con una inclinación de cabeza hacia los asistentes y dirigiéndose a ellos dijo:

*"Esta propuesta compañeros ha sido pensada muy a fondo e implica cambios fundamentales a algunas posiciones de nuestro modelo político actual, las cuales primero han sido evaluadas muy objetivamente y luego, negociadas entre nosotros para integrar los elementos de una estrategia de fondo, de corto y largo plazo y sobre todo, de mucha efectividad para nuestro Partido, nuestros Candidatos y para los Estados Unidos".*

*"Para continuar, quiero pedirle a nuestro estimado colega y compañero, Jim McDermott, que se levante y se una aquí con Philip y conmigo, para agradecerle su enorme patriotismo, valentía y dignidad personal, al ser el uno de los primeros que no solo apoyó esta nueva propuesta, sino que inclusive puso voluntariamente sobre la mesa la posibilidad de retirar su pre-candidatura a la Vicepresidencia, como un verdadero y digno sacrificio personal, para el bien de nuestro Partido, nuestros principios y valores y de nuestro país".*

*"Amigo y Compañero Jim todo en esta vida tiene su tiempo y el tuyo, con nuestro agradecimiento absoluto estamos seguros de que llegará y nos comprometemos a lograrlo.*

*Gracias infinitas por tu honestidad y apoyo al logro de nuestras metas".*

*"Todos no solo aplaudieron, sino que se acercaron al frente para abrazarlo y reconocer su gran contribución y sacrificio de sus metas personales, para apoyar las metas del Partido".*

*"Jim, por favor no te sientes todavía, te pido que seas tú quien a nombre de todos nosotros y en representación de los miembros de nuestro Partido, sea quien anuncie a la persona que proponemos como nuestro Candidato del Partido Demócrata a la Presidencia de los Estados Unidos en el 2016",* dijo Frank Oharly con entusiasmo.

Las palabras de John yá eran esperadas, sin embargo era importante y realmente emocionante cumplir la formalidad que iniciaba el proceso de la pre-candidatura a la Presidencia.

*"Nuestro Pre-candidato a la Presidencia de los Estados Unidos es el Senador Philip Farland",* dijo Frank Oharly mientras todos levantaban jubilosos los brazos en medio de una cerrada ovación.

Después de dos o tres minutos, todos regresaron a sus asientos y se prepararon para escuchar las palabras de su nuevo pre-candidato, Philip Farland.

*"Gracias a todos ustedes, gracias a Frank, gracias a John, gracias al Presidente y sobre todo, muchas gracias a todos nuestros compañeros Demócratas que han depositado su confianza y esperanzas en nosotros".*

*"No los vamos a defraudar y vamos a continuar haciendo de este país la tierra prodiga que visualizaron los Padres de la Patria, al consolidar la unión de las primeras trece Colonias".*

*"Nuestro principal objetivo es ganar las elecciones y eso todos sabemos que se logra con votos"* continuo Philip Farland.

*"Hoy tenemos una oportunidad única e histórica de influir de manera decisiva en la voluntad política de los ciudadanos*

*americanos y con ello, traer a nuestras urnas una cantidad muy importante de votos que hasta hoy nó estaban considerados en las proyecciones a nuestro favor".*

*"Me estoy refiriendo al Voto Hispano, un voto que inició tímidamente hace ya muchos años con una presencia mínima representando una población que ha ido creciendo más que ningún otro grupo en nuestro país, siendo hoy la mayor minoría étnica de nuestra sociedad".*

*"Los población de ciudadanos de origen Hispano o Latino en nuestro país, aun cuando ha crecido y sigue creciendo aceleradamente, nó está organizada ni identificada entre ellos mismos como una plataforma o conjunto de ciudadanos que comparten las mismas ideas políticas".*

*"Por ello, la clave de nuestra oportunidad es precisamente el organizarlos, ayudarlos a integrarse como una comunidad política definida y abrirles el espacio justo en nuestro partido correspondiente al porcentaje de población que representan y al potencial de nuevos votos que traerán a nuestro Partido".*

*"Esa es señores la oportunidad y los muy importantes votos adicionales que nos llevaran al triunfo en las elecciones del próximo año".*

*"Ahora vamos a ver como se cuantifica esta extraordinaria oportunidad de los votos Hispanos que podemos generar para nuestros candidatos, pero antes es importante que entendamos claramente que estos votos no vendrán solos."*

*"Se necesita una estrategia con un plan de acción bien pensado, bien financiado y muy importante, se necesita dentro de nuestro Partido Demócrata, contar con el Liderazgo preciso para unir y motivar a todos los Hispanos a votar por nosotros y a tener confianza en que nuestros principios, valores y plataforma representan la mejor opción para sus intereses y valores como ciudadanos y como hispanos".*

*"Ahora pido al amigo y compañero Jim McDermott que nos anuncie quien será el Pre-candidato de nuestro Partido Demócrata a la Vicepresidencia de los Estados Unidos, para acompañar a Philip Farland en las elecciones presidenciales del año próximo".*

*"Nuestro Pre-candidato del Partido Demócrata a la Vicepresidencia de los Estados Unidos en las Elecciones del 2016 será el Senador Benny Macías" gritó Jim entre los aplausos de los participantes en aquella reunión de los líderes más relevantes de ese Partido político".*

Postular en un lapso de solo una semana al Senador Philip Farland como pre-candidato a la Presidencia y al Senador Benny Macías como pre-candidato a la Vicepresidencia de Estados Unidos por parte del Partido Demócrata, fue una jugada muy importante y arriesgada de los Demócratas, la cual dieron a conocer los Medios esa misma noche, tomando por sorpresa a la mayoría de los líderes del Partido Republicano que ya estaban en Iowa iniciando el evento de Sondeo Presidencial de su Partido.

El Senador Macías sería el primer "Hispano" en la historia americana en ocupar una posición a ese nivel y como candidato se aseguraba una votación muy alta, si no absoluta de todos los votantes Latinos o Hispanos, mayor minoría étnica con una proporción superior al 17% del total de la población del país y una proyección de crecimiento para alcanzar el 31% en el año 2060.

*"Ahora bien, estarán ustedes de acuerdo que para lograr esos votos Hispanos no es suficiente acción el solo postular a Benny Macías como compañero de fórmula mío".* Dijo Philip Farland.

*"Necesitamos postular un número significativamente mayor de candidatos del Partido Demócrata de origen "Hispano" para compensar la desigualdad actual de la representación "Latina" en el Congreso americano y que ellos se sientan justamente*

*reconocidos por nosotros, motivándose así para apoyarnos en estas próximas elecciones".*

En ese momento Benny Macías intervino y tomando del brazo a Philip Garland se dirigió al grupo:

*"Como ya menciono Philip, la población "Hispana" de los Estados Unidos en el Censo de 2012 fue de 53 millones que representa el 17% de la población total del país".*

*"De un total de 435 Representantes en la Cámara del Congreso, hasta ahora los "Hispanos" solo habíamos logrado contar con 35 Representantes, lo que da una proporción de solo el 8% del total, aun cuando el porcentaje de población Hispana en el país es del 17%".*

*"Este porcentaje del 17% nos da bases reales para saber que podemos y debemos alcanzar y justificar que el número de representantes "Hispanos" en el Congreso sea de 79 y no de solo 35".*

Benny Macías continuó:

*"De los 100 Senadores en el Congreso solo tres somos "Hispanos", número que también está muy por debajo de los 11 que por estadística poblacional deberían corresponder a la representación proporcional de la población "Hispana" en los Estados Unidos".*

*"No vean estas proyecciones como una amenaza. Nosotros los Hispanos somos norteamericanos de primera, segunda y en muchos casos, como creo que lo serán mis nietos, de tercera generación y al ser Norteamericanos, no nos vamos a ir de esta que es nuestra patria".*

*"La estamos enriqueciendo nuestra cultura social con nuestros valores y tradiciones Hispanos y al mismo tiempo estamos absorbiendo todos los valores y tradiciones de este gran país al que algún día llegaron nuestros padres o abuelos*

*buscando la libertad y una mejor vida para sus hijos, en la misma forma que en 1620 llegaron en el Mayflower a la Bahía de Plymouth los primeros colonos, hoy Padres de esta nuestra Patria".*

En este momento Philip Farland tomó nuevamente la palabra:

*"Ahora analicemos objetivamente cual es el impacto positivo de lograr la nominación de Benny Macías como candidato Demócrata a la Vicepresidencia, para llevar a nuestro Partido a ganar mayoritariamente las próximas elecciones".*

*"Esta postulación logrará que el Partido Demócrata pueda contar con más de 40 Representantes adicionales a los 233 que hoy tenemos, si logramos desarrollar la Campaña correcta, al tener un Candidato Hispano y Demócrata para la Vice-Presidencia y un mayor número de nuestros candidatos Hispanos para el Congreso, seguramente los votantes Hispanos votaran por los candidatos de nuestro partido".*

*"Para la Cámara de Senadores sucederá algo similar. La posibilidad de tener dos senadores "Hispanos" Demócratas más, en adición a los 55 que hoy tenemos, consolidara nuestra mayoría Demócrata actual en el Senado y nos dará un porcentaje mayor de Senadores Hispanos Demócratas en el Congreso.*

Frank Oharly, Presidente del Partido Demócrata se adelantó al frente para continuar con los siguiente":

*"Compañeros, este aumento significativo en el número de Representantes y Senadores del Partido Demócrata en el Congreso, le daría al Presidente Farland, al Vicepresidente Macías y al Partido Demócrata mucha mayor autonomía, libertad de acción, margen de maniobra y apoyo en el Congreso para llevar adelante sus iniciativas y planes con bajo nivel de oposición".*

*"Por último, antes del breve receso de quince minutos que tomaremos pido a nuestro Pre-Candidato a Vicepresidente, el Senador Benny Macías, que nos hable de la nueva y estrategia de colaboración y desarrollo económico para los Estados Unidos y México que queremos proponer, en sustitución a la anterior, que como todos sabemos ya fue presentada y negociada con el Gobierno Mexicano, pero su anuncio está previsto para mañana sábado 8 de Agosto a primera hora, por lo que como ya dijimos antes, debemos de decidir esta misma noche lo que consideremos más adecuado llevar a cabo para beneficio de nuestro Partido, de nuestro País y por supuesto, de México en la medida de lo posible".*

*"Esta estrategia la hemos denominado Amigos & Friends, así que amigo Benny, ahora tienes nuevamente la palabra":*

*"Amigos & Friends es un programa estratégico que se basa en dos oportunidades específicas que combinadas se convierten en un detonante importante del crecimiento económico y la creación de empleos en los Estados Unidos y México".*

*"Por los últimos 20 años, debido principalmente al bajo costo de mano de obra y producción en general, China fue atrayendo y absorbiendo gradualmente la manufactura de todo tipo de productos que previamente se producían en Estados Unidos, Europa y otros países".*

*"Esto permitió que muchas empresas americanas fueran más competitivas y pudieran mantener sus índices de rentabilidad, ya que la producción la hacen en China y la comercialización y manejo financiero se lleva a cabo en Estados Unidos".*

*"Actualmente los aumentos en los costos de manufactura en China, aunados a los costos de transporte y logística de materia prima, materiales y de producto terminado, están afectando los márgenes de utilidad y la competitividad de muchas empresas*

norteamericanas que están necesitadas de encontrar opciones de manufactura más económicas, puesto que con más frecuencia cada día, surgen nuevas empresas Chinas, algunas de ellas enormes y con cobertura comercial global, que lanzan productos equivalentes, similares y en algunos casos iguales o casi iguales a los productos que nuestro país produce, para los que las empresas norteamericanas previamente han invertido millones de dólares en la evolución y desarrollo de esos productos y sus tecnologías".

"Ejemplo son las Lámparas urbanas de tecnología LED, que se fabrican en China, por una empresa China y que hoy están penetrando los mercados de las grandes metrópolis, como es el caso de la Ciudad de México, segunda ciudad en tamaño y población de Latinoamérica, en donde yá se están sustituyendo las 400,000 luminarias urbanas de todas las calles y áreas públicas de esa metrópoli por nuevas lámparas LED de manufactura china".

"Con esto quiero decir que hoy estamos viviendo un fenómeno similar al que sucedió con Japón después de terminar la segunda guerra mundial. En esos años, Japón inició proyectos de manufactura para producir productos muy baratos, que por consecuencia tenían muy baja calidad al compararse con los productos americanos contra los que competían".

"Sin embargo, esos productos muy baratos fueron inundando gradualmente el mundo permitiendo que muchas empresas crecieran y tuvieran ingresos muy importantes".

"El siguiente paso de los japoneses fue el levantar la calidad, con fuertes inversiones en investigación y desarrollo, principalmente de tecnología, para lograr posicionarse cincuenta años más tarde como empresas líderes en calidad e innovación en muchas áreas".

"Este fenómeno de la industria Japonesa tiene un buen ejemplo en el caso de Sony, del cual más adelante haré un comentario adicional".

*"Hoy nadie pone en duda la calidad de Sony o de prácticamente cualquier producto japonés y curiosamente, actualmente los productos que en todo el mundo son baratos y de menor calidad, son en su mayoría los de origen chino. Es decir, que se está cumpliendo el mismo ciclo".*

*"Lo que acabo de describirles es algo muy similar o al menos equivalente en alguna forma a un fenómeno de producción industrial que se inició en México hace ya algunos años y que al ir tomando liderazgo y posicionamiento China, se diluyó, y ni nosotros en los Estados Unidos, el gobierno de México o los propios industriales mexicanos, pudimos anticipar lo que sucedería.*

*"Hoy este programa mexicano llamado "Plantas Maquiladoras" o "In-Bond Manufacturing", no murió con el fenómeno del "Made-in-China". Sigue funcionando, con madurez y experiencia de muchos años de fabricar productos dentro de estándares de calidad internacional y con costos muy competitivos"*

*Actualmente México, gracias a las capacidades de manufactura desarrolladas con el Programa de Maquiladoras es el cuarto exportador mundial de Automóviles, exporta el 60% de la producción mundial de pantallas planas de TV y en el país hay ya 30 empresas de investigación y desarrollo de productos para la industria Aeroespacial".*

*"Amigos esta es la segunda gran oportunidad estratégica que debemos y queremos expandir y potencializar, facilitando la recuperación de manufactura de Oriente a México, con igual o mejor calidad y con mejores costos de producción.*

*Vamos a expandir, aprovechar y promover la industria Maquiladora o In-Bond en colaboración de los Estados Unidos y México":*

*"La oportunidad esta generada por el aumento de los costos de producción y logística para las empresas norteamericanas*

en China, impactando la rentabilidad y competitividad de las mismas, algunas de las cuales ya enfrentan en todos sus mercados la competencia de productos chinos similares pero más baratos, abriéndose nuevamente con ello la oportunidad para el modelo de manufactura In-Bond, o sea a las Plantas Maquiladoras en México".

"La experiencia y éxito logrados en los años 70 y 80 con el programa de plantas In-bond en México fue extraordinaria".

"Esa es la esencia del programa Amigos & Friends dentro la estrategia que Philip Farland y su servidor, estamos proponiendo a todos ustedes".

"El concepto de las maquiladoras es que las fabricas se dividían virtualmente en dos instalaciones".

"Unas instalaciones y oficinas de la empresa manufacturera seguirán en cualquier ciudad de los Estados Unidos, es decir del lado americano de la frontera, en la que normalmente se llevan a cabo actividades ejecutivas y de servicios de alto costo, como pueden ser por ejemplo algunas áreas específicas de gerencia, diseño y desarrollo de productos, administración y finanzas, recursos humanos, compras, pruebas, ventas y mercadeo, así como almacenamiento de materia prima, partes y de producto terminado, sin embargo no hay reglas fijas. Si una empresa considera que hace sentido de negocios tener toda su operación o al porcentaje que sea en México, lo puede hacer".

"Las plantas de manufactura, con intensa actividad de mano de obra de alta calidad y con capacidades operativas y de servicio eficiente como son por ejemplo los Call-Centers y las líneas automatizadas de producción de la industria automotriz, son instaladas en México, aprovechando los bajos costos comparativos de operaciones y de mano de obra en México".

"La división entre ambas partes de la empresa es virtual, sin que haya necesidad de que estén físicamente contiguas *y comunicadas internamente, con la línea fronteriza divisoria cruzando por la mitad de sus instalaciones"*

*"Se estableció un concepto de "zona fronteriza virtual" delimitada, en el que el tránsito y tramites fronterizo de importación y exportación de básicos y terminados, partes, insumos, vehículos y personal específico, están regulados y simplificados, sin la complejidad, trámites y costos de los cruces normales de frontera y trámites aduanales de importación y exportación".*

*"Grandes empresas manufactureras norteamericanas como Ford, GM y Chrysler entre muchas otras establecieron un gran número de plantas maquiladoras en México, en adición a empresas de otros países como Nissan y Sony".*

*"Todos conocemos a Sony como una empresa japonesa de calidad indiscutible. Pues precisamente Sony fue un buen ejemplo de lo que las empresas pueden lograr operando plantas maquiladoras en México".*

*"Si somos capaces de retomar y potenciar nuevamente la industria Maquiladora y hacerla crecer rápidamente aún más, para producir con costos de mano de obra competitivos, alta calidad y con bajos costos de transportación, logística y manejo aduanal, gracias a la cercanía a las fuentes de partes o materia prima y a los mercados de destino, las Plantas Maquiladoras tienen el potencial de generar miles de empleos en los dos países, muchos de los cuales hoy ya existen en China".*

*"La Iniciativa "Amigos & Friends" está enfocada en desarrollar conjuntamente con el Gobierno Mexicano y con las grandes empresas industriales americanas, un nuevo programa de manufactura in-bond que aproveche la excelente experiencia previa que tienen tanto México, como muchas empresas importantes de nuestro país produciendo productos en Plantas Maquiladoras al sur de la frontera".*

*"Las relaciones de valor entre el Dólar con el Euro y la del Dólar con el Peso mexicano, vuelven muy atractivos*

*los costos de manufactura integrada en ambos países, por lo que mediante una correcta estrategia de productividad industrial, comercial, financiera y fiscal, vamos a recuperar y traer de nuevo a nuestro país y a México, la producción manufacturera de múltiples industrias y empresas que en años anteriores migraron principalmente a China y que hoy seguramente regresaran con una oferta concreta por parte de nuestro Gobierno en colaboración con el Gobierno de México, para que esas empresas recuperen los niveles requeridos de productividad y rentabilidad, con costos altamente competitivos e importantes beneficios de logística, de tiempo de acceso al mercado, supervisión y protección de su capital intelectual y patentes".*

El Senador Macías pidió aquí a todos que tomaran un breve descanso, indicándoles que el en pasillo a la salida del salón, estaba el tradicional servicio de café y refrescos.

# CHAPTER FIFTEEN

## ¿Y MEXICO QUE GANA CON TODO ESTO?

Quince minutos después el grupo completo estaba de nuevo listo para reanudar la reunión en la sala de juntas del Comité de Campaña Electoral del Demócrata.

El Senador Macías les pidió a Edmund Gartner III y a Philip Farland que lo acompañara en esta última parte de la presentación de la propuesta.

*"Amigos, reanudemos nuestra sesión y gracias de nuevo por estar atentos y comprometidos en este momento importante y decisivo para nuestro Partido".*

*"En este punto quiero recalcar algunos puntos clave de nuestra estrategia y planes de acción":*

*"Siempre, nuestro objetivo primario es el ganar las elecciones del próximo año"*

*"Un evento importante que nos puede arrebatar muchos votos es que los Republicanos logren la aprobación de la Operación El Álamo, lo que significaría la detención y expulsión en corto plazo de más de un millón de indocumentados mexicanos y el posible conflicto con México por el*

establecimiento dentro de territorio fronterizo mexicano de 16 Centros de Control Migratorio de los Estados Unidos".

"Para cumplir con nuestro objetivo electoral propusimos inicialmente dos líneas de acción:"

"Primera: Trabajar a todos niveles una estrategia política para frenar el apoyo a la Iniciativa El Álamo en el congreso".

"Segunda: Acordar con el Gobierno Mexicano el financiamiento por parte de inversionistas norteamericanos de su estrategia de protesta masiva y pacífica y permanente con la participación a lo largo de las 2000 millas de la frontera mexicana, de tres millones de Mexicanos y una amplia e intensa campaña global de información por todos los Medios y Redes Sociales".

"Ahora bien, en las conversaciones que hemos tenido en los últimos días y con la valiosa colaboración adicional del invitado especial de Edmund Gartner III, nos hemos convencido que nuestra segunda línea de acción es reactiva y su financiamiento con tasas preferenciales, solo servirá para gastar esos fondos, sin que haya una creación de empleos y se frene un poco la inmigración de indocumentados desde México".

"Y fíjense ustedes en la siguiente reflexión:"

"A mediano plazo, se puede generar un problema mayor para ambos países, ya que es posible que al término de la protesta de esos tres millones de personas ubicados en la frontera, cuando yá no reciban la compensación que el Gobierno mexicano les dará para estar junto a la frontera, al no tener ingresos ni trabajo, todos esos mexicanos o una parte de ellos, simplemente se crucen la línea y a ver como detenemos a tres millones de indocumentados".

"Por lo anterior, proponemos dos nuevas líneas de acción, en las que los fondos financieros de diez billones de dólares del grupo representado por Edmund Gartner III, serán aprovechados en una forma mucho más estratégica, productiva y definitivamente rentable".

"Por supuesto manteniendo nuestro objetivo primario de ganar las elecciones del 2016".

"Las nuevas acciones estratégicas son:"

"La primera es el Voto Hispano: Estrategia ya presentada aquí mismo para atraer masivamente el Voto Hispano, mediante la nominación inmediata como pre-candidato a la Presidencia del Senador Benny Macías y la implementación de una estrategia política y de campaña enfocada y a la medida de la Comunidad Hispana".

"Esta estrategia será fondeada por las aportaciones especiales del grupo que representa Edmund Gartner III".

"El anuncio temprano de tener un candidato a Vicepresidente de origen Hispano nos dará como resultado que el voto y peso político Hispano nos apoye masivamente y que el Partido Republicano cancele la iniciativa de la Operación El Álamo, por el riesgo de que al expulsar a un millón de indocumentados mexicanos, los más de 25 millones de Hispanos legales de este país, se activen y reaccionen en contra de ellos, siendo ya la primera minoría étnica de los Estados Unidos".

"La segunda estrategia es la del Programa Amigos & Friends que ya también ya mencionamos antes",

"Amigos & Friends" será fondeada también por el Grupo representado por Edmund Gartner III, con dos líneas de acción específicas":

"La primera línea de acción es relanzar con una nueva dimensión y alcance el antiguo programa de Maquiladoras, el cual ahora hemos denominado como Programa de Manufactura In-bond".

*"Este importante programa de desarrollo económico y de competitividad para ambos países se estructura a partir de un acuerdo conjunto con los cincuenta mayores grupos industriales de los Estados Unidos, para que en un plazo de tres años, muevan de las localidades actuales que tienen en los países Asiáticos el 40% de su producción, lo que puede significar el establecimiento de dos mil quinientas plantas In-bond en México y de quinientos nuevos centros corporativos de operaciones de manufactura y logística en los Estados Unidos".*

*"La viabilidad de este programa ya la exploramos inicialmente con resultados positivos con GE, HP, Ford, Chrysler, GM, Thompson y con otras diez empresas de los sectores de Electrónica, Automotriz, Confección y Químico– Farmacéutica que actualmente tienen plantas en México".*

*"La inversión billonaria para construir esas plantas In-bond e instalaciones en México y Estados Unidos será fondeada por el grupo representado por Edmund Gartner III a tasas preferenciales y con un plan de apoyos fiscales y de impuestos especiales de importación y exportación de los gobiernos de ambos países".*

*"Una exigencia básica nuestra es que el Gobierno de México haga un compromiso público y formal de proveer al programa de Manufactura In-Bond con terrenos, servicios urbanos y áreas habitacionales adecuadas en la proximidad a las Plantas y en forma muy importante, escuelas, centros de salud y servicios de protección y seguridad absoluta para las Plantas, sus empleados y sus familias, sus productos y el transporte de personas y de materiales y productos hacia y desde las Plantas de manufactura In-Bond o Maquiladoras".*

*"La segunda línea de acción del Programa "Amigos & Friends" es nueva y para su definición, el invitado especial de Edmund Gartner III nos dió una valiosa asesoría, la cual nos permitió a todos y en especial a Edmund Gartner, motivarse para acompañar todo este esfuerzo político electoral, con un contenido trascendente de contribución a la sociedad y al*

*desarrollo de las gentes más necesitadas, con una racional clara de que esa fuerte inversión financiera que harán Edmund Gartner y sus socios, tendrá sin duda un efecto directo y real contribuyendo en buena medida al desarrollo social de México y a las buenas relaciones entre ambos países".*

*"Esta línea de acción la hemos denominado Construyendo el Futuro: Acciones específicas para contribuir en forma importante en la solución de fondo del problema de la migración de mexicanos a los Estados*

*"La única forma de reducir el flujo de indocumentados mexicanos a nuestro país es ayudando a la generación de empleos y al desarrollo económico de México".*

*"En el corto plazo el programa de manufactura in-bond será una excelente solución, sin embargo para el mediano y largo plazo, estamos incluyendo conjuntamente con Edmund Gartner III y sus fondos financieros las dos siguientes acciones concretas":*

*"A – Plan de Educación Virtual con Aulas Remotas y Tele-presencia para 4000 localidades de población rural indígena que no cuentan con escuela.*

*Estas aulas contaran con la tecnología para que los niños y niñas de la comunidad asistan diariamente para llevar clases con tele-presencia remota".*

*"Las 4000 aulas contarán con un mentor local responsable que coordine toda la operación de la aula, la entrega de materiales y la asistencia de los alumnos, incluyendo la organización de actividades de educación física, con monitoreo virtual remoto".*

*"Estas Aulas Remotas requerirán una infraestructura de dos salones, dos baños y servicios de energía, internet, agua, drenaje, cocina y comedor, además de campo de juegos múltiples".*

*"El Programa de estudios para todos los niveles de educación básica será el mismo que ya tiene el Gobierno mexicano, adaptado a su operación con tele-presencia e internet. En los próximos tres años se desarrollaran cursos específicos de las diferentes lenguas indígenas de cada región para integrarlas en el plan de estudios de las Aulas Remotas como una materia adicional".*

*"Cada alumno recibirá una Tablet con todo el software necesario".*

*"Para este programa específico, la Fundación Gartner está abriendo un proyecto de voluntariado con compensación y gastos, para trescientos jóvenes Hispanos recién graduados, para que por periodos de tres meses viajen y participen apoyando localmente con prácticas presenciales de clases de inglés, a los estudiantes de las cuatro mil Aulas Remotas con Tele-presencia".*

*"B - El Programa Amigos & Friends" con la participación de la Fundación Gartner incluye también un proyecto para la creación de una estrategia completa de comunicaciones, información y operaciones, trabajando coordinadamente con los Gobiernos de los Estados Unidos, México, Guatemala, Honduras, Nicaragua y El Salvador, para informar, controlar y manejar desde su inicio y hasta su terminación, caso por caso, las migraciones de menores de edad a los Estados Unidos y que de esa forma se haga un manejo adecuado, tanto preventivo como operativo de este fenómeno, para el cual como todos ustedes recordaran en el 2014, nuestro Presidente solicitó al Congreso la aprobación de una partida presupuestal adicional de cinco mil trescientos millones de dólares, que por supuesto nuestros amigos Republicanos se encargaron de que no fuera autorizada por contar ellos en ese momento con la mayoría de los votos".*

Al llegar a este punto Benny Macías le cedió la palabra a Philip Farland:

*"Compañeros, tenemos quince meses para ganar las elecciones y hoy es el primer día de los 496 días de nuestra campaña y debemos de empezar ahora mismo, con la aprobación e inicio real y con fuerza, compromiso y entusiasmo de nuestra estrategia ganadora".*

*"Hoy tenemos una estrategia sólida, efectiva y de contundencia, que con objetividad se enfoca con pragmatismo en lograr nuestro triunfo en las elecciones, mediante seis planes de acción estratégica muy concretos y específicos, con objetivos y beneficios claros y con el nivel correcto de retorno de la inversión.*

*"Cuando hablo de retorno de inversión, me estoy refiriendo específicamente a la inversiones financieras y de desempeño político tanto de nuestro Partido Demócrata, como del Gobierno de Estados Unidos, del Gobierno de México, de los Gobiernos de Centro América, de los Inversionistas representados por el Edmund Gartner III y de la Fundación Gartner, que en su caso particular no espera un retorno financiero o político, sino un retorno de resultados y beneficios logrados con su apoyo económico de buena voluntad".*

*"Las cinco acciones concretas para las que pedimos su aprobación son:"*

*"1 - La Nominación de Benny Macías como pre-candidato del Partido Demócrata a la Vicepresidencia, que estamos haciendo y anunciando hoy mismo, viernes 7 de Agosto, la cual junto con las nominaciones de pre-candidatos Hispanos para posiciones de Representantes y Senadores del Congreso, detendrá de inmediato la posibilidad de aprobación de la iniciativa de la Operación El Álamo, eliminando el peligro de una deportación masiva de un millón de indocumentados mexicanos y el establecimiento en territorio mexicano de Centros de Control Migratorio operados por los Estados Unidos.*

*"2 - El Voto Hispano para ganar y mantener los votos de esa población que hoy no tenemos en su totalidad, incorporando y*

desarrollando el liderazgo político Hispano para jugar y ganar en las Grandes Ligas".

"Un objetivo inmediato para el nuevo Vicepresidente Benny Macías, será el seguir avanzando en la construcción solida de las políticas y procesos legales y operacionales para el manejo justo y apegado a la ley de los indocumentados extranjeros".

"3 - El Programa "Amigos & Friends para la creación de cuatro millones de empleos, mediante el desarrollo de la Industria Maquiladora con el Programa de Plantas In-Bond, apoyando a las empresas norteamericanas para recuperar rentabilidad, competitividad y crecimiento global mediante el desarrollo y expansión de plantas de manufactura In-bond en México y Estados Unidos".

"Esta iniciativa creará más de tres millones de nuevos puestos de trabajo en México en los próximos tres años, reduciendo significativamente el flujo de mexicanos indocumentados que cruzan a nuestro país buscando trabajo".

"También se crearan más de un millón de nuevos puestos de trabajo en los Estados Unidos, que se generaran en las nuevas operaciones de las empresas que establecen plantas de manufactura in-bond en México".

"4 - El Programa Amigos & Friends, con la participación de la Fundación Gartner, para el apoyo al Gobierno de México en la implementación del Sistema Escolar de Educación Básica de Aulas Remotas con Tele-presencia, incorporando la Educación de lenguas indígenas locales, en cuatro mil comunidades remotas de México, la mayoría de ellas con población indígena del 40% o más".

"5 - El Programa Amigos & Friends" con la participación de la Fundación Gartner para la creación de una estrategia completa de comunicaciones, información y operaciones, trabajando coordinadamente con los Gobiernos de los Estados Unidos, México, Guatemala, Honduras, Nicaragua y

*El Salvador, para informar, controlar y manejar desde su inicio y hasta su terminación, caso por caso, las migraciones de menores de edad a los Estados Unidos".*

Frank Oharly, Presidente del Partido Demócrata tomó ahora la palabra y dijo a todos los asistentes:

*"Una vez que hemos conocido y discutido la estrategia y acciones, los pasos que nosotros necesitamos hacer de inmediato son":*

*"1º. Realizar en este momento la votación de esta propuesta,*

*2º. Anunciarla de inmediato a nuestro Presidente,*

*3º. Finalizar con el Presidente de México, la negociación ya iniciada y aún abierta, lo cual llevara a cabo esta misma noche nuestro Candidato a la Vicepresidencia Benny Macías.*

*4º. Confirmar de inmediato el cierre de esta negociación y por último:*

*5º. Anunciar nuestras pre-candidaturas Presidenciales, estrategia y Planes de Campaña a todos los miembros del Partido y a los Medios de comunicación".*

*"Solo tenemos 48 horas para ejecutar los primeros cuatro pasos, ya que debemos de estar listos para iniciar nuestra carrera para las Elecciones Presidenciales del 2016 el próximo lunes 9 de Agosto de 2015, en que anunciaremos los planes de acción de nuestra Campaña Presidencial, para llegar y triunfar en la Convención Nacional de nuestro Partido Demócrata, con las Candidaturas Presidenciales de Farland & Macías ya aprobadas y con el respaldo de todo el electorado Demócrata, incluyendo el Voto Hispano".*

Treinta minutos después cuando el reloj daba las once y media de la noche en Washington y eran las diez y media de la noche en la Ciudad de México, la votación se había llevado a cabo con una mayoría de la totalidad de miembros del Comité de Campaña del Partido Demócrata y con solo una abstención.

Philip Farland y José Benigno García yá eran formalmente Precandidatos Presidenciales del Partido Demócrata para las elecciones del siguiente año.

Mientras todos los asistentes de pie comentaban y se felicitaban efusivamente, el todavía Senador Benny García dejó discretamente el salón para dirigirse a su oficina privada en el último piso del mismo edificio, con el propósito de preparase para la reunión privada que pronto tendría con Philip Farland y Edmund Gartner a fin de compartir sus conclusiones y definir la línea de acción y contenidos para la importante llamada con el Presidente de México que haría en una hora más, es decir a las once y media de la noche, hora de México.

# CAPITULO FINAL

## OTRA VEZ A "LOS PINOS"

Diez minutos después el senador Philip Farland ya estaba ahí para reunirse con el Senador Macías.

Mientras llegaba Edmund Gartner para unirse a esta reunión final, Philip Farland y Benny Macías aprovecharon para llamar a la Casa Blanca a fin de anunciarle formalmente al Presidente su decisión de postularse.

El Presidente, los felicitó, reiteró todo su apoyo para el equipo Farland – Macías y complacido por que la votación del Comité de Campaña había sido prácticamente unánime a favor de su nominación como pre-candidatos y su propuesta estratégica, les dijo que al otro día, él mismo haría el anuncio personalmente ante los medios, En compañía del Senador Oharly, Presidente del Partido Demócrata.

Poco después llegó Edmund Gartner III acompañado por su esposa Daniella Gartner, junto con Ramiro Barbosa, que llevaba su pipa apagada y su acompañante el Doctor Ruiz

Una vez que todos se acomodaron en los sillones de aquella oficina, el Senador Macías hizo un resumen de todo lo sucedido, desde que tan solo unos días antes, juntos decidieron tomar acción para detener la ejecución de la operación El Álamo.

Macías habló de la reunión y de la propuesta hecha al Presidente Mexicano. Después repasó los incidentes del ataque y desaparición de Daniella y de su aparición sorpresiva en Phoenix tras cruzar escondida todo México, gracias a la ayuda y protección personal de Ramiro, una personaje que en muchos sentidos es casi una leyenda viviente en su país, pero qué hasta ahora había estado claramente posicionado en el lado opuesto a la ideología, en la que ellos creen y defienden.

Describió también, la conversación que tuvieron en el vuelo de regreso a Washington con don Ramiro, el "hombre de la pipa"; los convincentes y realistas argumentos planteados por Daniella en base a las impactantes experiencias que vivió a lo largo de esa semana, así como los puntos principales de coincidencia, que en principio habían establecido con éste hombre esa misma mañana, mientras volaban de regreso a Washington"

Después recordó a todos las precauciones y medidas de seguridad extraordinarias que habían tomado y debían de seguir tomando, tales como evitar el utilizar líneas telefónicas no seguras, evadir vigilancia, como por ejemplo lo que se hizo para aterrizar en Winchester, y el comunicarse siempre personalmente a través de terceros de absoluta confianza y en espacios controlados y seguros.

Benny Macías concluyó diciéndoles que sin embargo, ahora tenían que decidir internamente las acciones que debían de tomar, para poder llevar a cabo con éxito esa estrategia acordada.

*"Los objetivos están muy claros"*. Comentó enfáticamente Philip Garland.

*"Ganar las próximas elecciones y terminar con la operación El Álamo"*

Luego repasó el hecho de que a través de Benny Macías, el grupo político al que pertenecen y de alguna forma representan, ya había hecho una propuesta inicial al Presidente de México.

*"Esta proposición yá fue aceptada por el Presidente Mexicano, quien ha convocado a sus colaboradores cercanos a una reunión, en la que se propone anunciar oficialmente su estrategia y acciones a ser ejecutadas por el Gobierno y el Pueblo Mexicanos, con ciertos elementos de colaboración del Partido Demócrata y con el apoyo financiero ofrecido".*

Edmund Gartner continuó hablando:

*"Sin embargo, ante los acontecimientos y sobre todo, después de las conversaciones que recién habían tenido en el viaje de regreso de Denver con Daniella y con Don Ramiro Barbosa, estaban convencidos de que en este momento esa opción inicial no era la mejor opción para alcanzar las metas que buscan".*

El Senador Philip Farland intervino:

*"Nuestra nueva propuesta es radicalmente diferente de la anterior. Tiene un costo político y económico mucho menor y nos permitirá lograr los objetivos propuestos con igual o mayor efectividad y en mucho menor plazo".*

*"Antes de la reciente reunión con el Comité, en el camino para llegar aquí hicimos una importante consulta telefónica con el Presidente para ponerlo al tanto de las últimas actualizaciones de la nueva estrategia antes de someterla a la votación de los miembros del Comité.*

*El Presidente estuvo enteramente de acuerdo con esta nueva opción, que como esperábamos, hace unos momentos obtuvo la aprobación y apoyo incondicional por parte del Comité Electoral de nuestro Partido.*

*"Por lo tanto, el Partido Demócrata está anunciando ahora mismo la nominación de nuestras pre-candidaturas a la Presidencia y Vicepresidencia de los Estados Unidos y el Presidente lo hará mañana sábado temprano en su conferencia de prensa semanal".*

*"Con esta fórmula ganadora, aseguraremos un altísimo porcentaje de los votos latinos, forzaremos a que nuestros enemigos tengan que abortar la operación El Álamo y que no haya necesidad de que México, que es un país independiente, con personalidad propia y excelente socio nuestro, pierda todo eso por una decisión absurda de penetración de su soberanía territorial".*

*"Reconocemos"*, dijo Edmund Gartner III, *"que los fondos financieros que se tenían dispuestos para apoyar el programa de la Cadena Humana de tres millones de Mexicanos a todo lo largo de la zona fronteriza, desde el punto de vista de negocios era una buena oportunidad de inversión, sin embargo es positiva la decisión para que ahora estos mismos fondos, además de ser inversiones adecuadas, puedan ser aprovechados en forma más eficiente, para que nuestro nuevo gobierno con ustedes dos al frente, trabaje con un enfoque diferente con el gobierno de México".*

*"*Benny Macías respondió: *Efectivamente Edmund, nosotros con el apoyo mayoritario del Congreso y con la confianza de nuestros electores, vamos a trabajar con México a fin de llevar a cabo estrategias reales de generación de riqueza y bienestar, como lo son el Programa de Maquiladoras, y los programas sociales de alto impacto, apoyados por la iniciativa Amigos & Friends".*

*"En estos Programas en adición a nuestros financiamientos, la Fundación Gartner con tu esposa Daniella al frente, participará contribuyendo en forma relevante con donaciones financieras y de soluciones, servicios y voluntarios, que sin duda serán exitosos, complementados y bien recibidos por el pueblo y Gobierno de México, gracias, entre otras cosas, a la paz social que representa el hecho de que los grupos armados de México que están en rebeldía, depongan las armas y se integren a la lucha política en forma democrática, como nos lo ha ofrecido nuestro invitado aquí presente".*

Daniella Gartner intervino para decir: *"Con este enfoque, ésos fondos destinados a México, ahora serán inversiones productivas que tendrán un retorno financiero adecuado para nuestros inversionistas, sin perder su justificación de apoyo y de contribución al desarrollo social de nuestros vecinos más necesitados, que son los mexicanos de origen indígena, a quienes a través de la Fundación Gartner vamos a apoyar con programas de Educación y Servicios para las poblaciones indígenas más apartadas y desfavorecidas".*

Frank Oharly cerró la reunión dirigiéndose al grupo:

*"Como yá todos estamos de acuerdo y tenemos el tiempo justo, Benny por favor llama al Presidente de México para darle un avance de nuestras conclusiones y plan de acción y para plantearle la necesidad apremiante que tenemos para reunirnos con el mañana mismo, tan pronto como puedas llegar a la Ciudad de México para revisar y concretar el acuerdo que ambas partes necesitamos para seguir adelante".*

*"Dependiendo de la respuesta del Presidente, antes de salir nos pondremos de acuerdo quienes será importante que te acompañen en esa importante reunión".*

A continuación Benny Macías llamó directamente al teléfono privado del Presidente de México, desde su teléfono encriptado.

Después de saludarlo y disculparse por llamarle a esas horas, el Senador Macías le dijo al Presidente de México lo siguiente:

*"Señor Presidente, le estoy llamando directamente para solicitarle atentamente, que nos permita hacerle una vista personal y privada mañana mismo, Domingo 9 de agosto a partir de las cinco de la tarde, para tener la oportunidad de presentarle personalmente la estrategia y planes de acción, que junto con nuestro equipo de trabajo hemos definido y aprobado para proponerle a usted, con el objetivo de resolver en la mejor*

*forma el desafío que México enfrenta, y que nos proponemos apoyarlo a resolverlo con una colaboración amplia y efectiva de nuestra parte".*

*"Como se habrá dado cuenta, claramente mi llamada es urgente e importante, puesto que en forma muy especial, quiero pedirle llevar a cabo esta reunión mañana mismo, antes de que se de cualquier nuevo paso en la definición de la propuesta de la Plataforma Nacional de Acción Ciudadana y su correspondiente estrategia de iniciativa del Movimiento de la Cadena Humana por México a lo largo de nuestra frontera común".*

*"Así mismo, le confirmo que ésta mañana hablé directamente con nuestro Presidente, quien me ha ratificado su confianza plena en que la llamada operación El Álamo sea cancelada en breve, como resultado de las acciones concretas de nuestra estrategia electoral relativa a los indocumentados y al valor del voto hispano en las próximas elecciones presidenciales de nuestro país".*

*"Por lo tanto, en este momento, México puede estar más tranquilo a ese respecto".*

El Presidente nó lo podía creer, todo había cambiado en un instante.

Los pensamientos se le agolpaban en el cerebro.

Por un lado estaba feliz y se decía a si mismo que era excelente la noticia de que el peligro de invasión y de la detención y repatriación acelerada de millones de indocumentados mexicanos se estaba diluyendo.

La independencia y el tradicional nacionalismo mexicanos estaban a salvo y la crisis social y económica esperada ya no se daría.

Pero luego pensó, y los billones de la ayuda financiera para el Plantón en la frontera, ¿acaso también se esfumaron?

El Presidente le externó al Senador Macías una felicitación por su nominación, para de inmediato hacerle la siguiente pregunta:

*"¿Senador, quiero entender que queda en pié absolutamente todo lo negociado con ustedes a través del señor De la Concha, en relación con los apoyos que nuestro país recibiría gracias a las gestiones del Sr, Edmund Gartner III y los fondos financieros que representa?"*

El senador Macías le respondió la pregunta al Presidente Mexicano con estas palabras:

*"Como usted se imaginará, las noticias que le estoy dando cambian dramáticamente la situación de peligro que se estaba consolidando hasta hace poco, para afectar a México y a todos los paisanos de este lado".*

*"Por eso hemos trabajado en una nueva propuesta para usted, que deseamos presentarle a la brevedad".*

*"Esta nueva propuesta para usted Señor Presidente, consideramos que es mucho más conveniente que la anterior, ya que permitirá a su gobierno sin ningún costo político importante, y si con beneficios políticos relevantes, llevar a cabo las estrategias políticas y económicas necesarias para resolver al mayor grado posible la crisis económica que padece el país, contando con apoyos financieros y de desarrollo muy importantes para apoyarlo a usted en tan importante tarea".*

*"Pero nos interesa mucho contar con su aceptación, además por supuesto de ciertos compromisos específicos que es necesario adquirir por nuestra parte, como por parte de usted, para asegurar los beneficios y el logro de los resultados".*

"*México con este plan, mantendrá su independencia y tradición libertaria, pudiendo avanzar en el terreno de la madurez democrática, además de beneficiarse directamente y de manera importante, en lo económico y en lo social*".

"*Estoy seguro que con este nuevo enfoque usted señor Presidente, será sin duda el líder indiscutible que México espera y merece para salir adelante y progresar.*

*Ésto señor, para usted y el excelente equipo de trabajo integrado bajo su liderazgo, puede convertirse en una posibilidad histórica de marcar el camino*".

El Presidente respondió: "*Con gusto lo estaremos esperando y cuente con la más absoluta confidencialidad y seguridad en esta rápida vista a nuestro País. Ahora mismo daré instrucciones específicas al Estado Mayor Presidencial para que se aplique con rigor el protocolo de máxima seguridad entre ambos países para visitas de este tipo*".

"*Gracias Señor Presidente, le anticipo que me acompañaran tres personas más, una de ellas la señora Daniella Gartner, a quien usted ya conoce. En total seremos cuatro en la visita*".

"*No hay problema Senador*", dijo el Presidente de México. "*El Estado Mayor tendrá todo listo para transportarlos sin problemas y con máxima seguridad en nuestros helicópteros desde el Hangar Presidencial del Aeropuerto hasta Los Pinos*".

"*Acá los esperamos mañana a las cinco y están ustedes invitados a cenar, así que no coman mucho antes de salir*",

A lo que el Senador Macías respondió antes de terminar la llamada:

"*Le agradezco mucho su amabilidad señor Presidente. Con gusto lo vamos a ir a visitar a México, que como usted bien sabe es la tierra de mis Padres y orgullosamente, la considero mi segunda patria y cuna de mis valores y tradiciones. Su liderazgo y capacidad señor Presidente, son la mejor garantía de que juntos, México y los Estados Unidos vamos a salir adelante con éxito".*

El Presidente Mexicano, como buen político, sopesó sus posibilidades y también, como buen político, inclinó su decisión a donde consideró que podía llevar más ventaja sin renunciar a sus valores y objetivos personales, aceptando con toda amabilidad y absoluto apego al protocolo político, la solicitud de reunión urgente del Senador Macías, la cual aunque fuera en domingo era muy importante".

La importancia y urgencia de reunirse el domingo se debía a que al día siguiente, lunes por la mañana, él ya había convocado a una reunión del Gabinete Extendido ahí mismo en Los Pinos, para anunciarles sus planes, que ahora por las palabras del senador Macías, parecía que tendrían que cambiar.

Las dudas eran ahora enormes.

Mientras tanto, se sirvió un ligero trago de escoces y siguió ahí por un buen rato, en aquel amplio sillón de su oficina, dándole vueltas en la cabeza a muchas ideas que trataba de acomodar para visualizar con racionalidad el escenario correcto de lo que estaba pasando y de lo que le dirían al otro día.

*"Si ya no había Operación el Álamo, si ya no habría expulsión masiva de mexicanos indocumentados y si ya no habría intentos de poner los Centros de Control en el lado mexicano de la frontera".*

*"Para que Carajos serviría el Plantón de la Cadena Humana en toda la frontera y cuál sería el valor o costo político y económico de realizarlo".*

*"Y el hecho que ahora viene Macías con tres personas más".*

*"Por lo menos a la guapa dama Argentina yá la conozco. Creo que eso es lo único bueno de esta llamada hasta ahora".*

*"¿Quiénes serán los otros dos que acompañan al Senador?"*

*"Me habló de compromisos, ¿Cuáles compromisos?, bueno, aparte de pagarles los billones y los intereses de lo que sus bancos nos van a prestar, no sé de qué otros compromisos me habla este Senador".*

*"¿Por qué si yá bajó el riesgo, de cualquier forma vienen ellos con un nuevo plan?".*

*"¿Estarán escondiendo algo muy grueso o muy confidencial?*

Luego el Presidente tomó el teléfono interno y dijo: *Domínguez, por favor llámale ahora mismo al Lic. Manuel Díaz, para que se venga mañana temprano para que revisemos todo esto y estemos bien preparados.*

*"A ver que nos van a decir estos amigos y quiero que él esté aquí conmigo en la reunión".*

Coincidentemente, al mismo tiempo por la mente de Benny Macías pasaban mil y un pensamientos en su camino a casa para despertar y saludar a su esposa, tomar un baño, cambiarse de ropa, quizás despertarla nuevamente para despedirse de la familia, para que luego lo llevaran de inmediato a través de las calles de la Capital, solitarias a esa hora de la noche, para reunirse con sus compañeros de viaje y yá todos juntos, seguir su camino hasta el aeropuerto.

Cuatro horas después, ya de madrugada, Benny Macías, "el hombre de la pipa", el Doctor Roberto, Edmund Gartner III y su esposa Daniella se dirigían juntos rumbo al Aeropuerto Internacional Dulles por la autopista 267, conocida como Dulles Road, situado en el vecino estado de Virginia, a solo 26 millas del centro de la capital, para volar rumbo a la Ciudad de México.

Y al mismo tiempo, el Presidente de México, consciente de que al día siguiente tendría una importante reunión, que tal vez fuera la más crítica de su mandato y después de estar despierto hasta altas horas de la noche, se quitó el saco, se aflojó la corbata, tomó su vaso de scotch y caminó lentamente hasta llegar a la habitación de su esposa, a la cual entró sin llamar a la puerta, cerrándola suavemente tras de sí, con una sonrisa que hace mucho nó se le veía.

# LA DESPEDIDA

Una semana después de mí última reunión con "el hombre de la pipa", aquí estaba yó de nuevo llegando a su casa rodante en aquel tranquilo suburbio de Houston.

Ahora que conozco todo lo que pasó y cómo sucedieron las cosas, entiendo muchas situaciones que vivimos en ese entonces y que después del tiempo transcurrido, continúan sucediendo en México y en los Estados Unidos y entre nuestros dos países.

Y por supuesto, también entiendo otras cosas buenas y malas que podrían haber pasado y nunca se dieron.

La puerta estaba apenas entreabierta y al empujarla un poco más para asomarme al interior, pude ver al viejo sentado en su sillón de siempre, medio dormido, con la cabeza agachada y cubierto con un colorido sarape de Saltillo que lo protegía del fresco otoñal que ya empezaba a sentirse en Houston por esos días.

Lo despertó el ruido que hice al abrir la puerta y pisar arriba del escalón para entrar al lugar.

Volteó, me miró, sonrió ligeramente y como si hubiéramos estado conversando hace tan solo un minuto, me dijo:

"Pues así fue la historia amigo Abío, tal como se la he estado contando".

"Por eso ahora las cosas algo han cambiado, ¿o será que no ha cambiado nada y yo sentado aquí en esta mecedora me quedé dormido y todo fue solo un sueño?"

"Digamos que tal vez solo fue otro sueño romántico más, como esos que por más de setenta años he tenido, aunque sigo siendo pragmático, ¿no le parece?"

"Seguramente me quedé dormido, porque mire usted, la pipa se me resbaló al suelo sin darme cuenta".

"Menos mal que estaba apagada, ya que el doctorcito Andrés no me deja fumar desde hace mucho y desde que me dió el primer infarto hace ya algunos años, mi vida cambió bastante".

"De haber estado encendida la pipa, ¡pos aquí arde Troya, carájo!"

"Regresé a México, acompañando al Senador Macías, a la niña Daniella y al Doctorcito para reunirnos con el Presidente de México aquel domingo en la tarde, allá en Los Pinos".

"Oiga Abío, yo nunca había estado ahí en esa mansión. Fíjese, yo durmiendo en el monte, sin luz, ni cama, aguantando el frio y el calor, bañándome en los arroyos con agua bien helada y fajándome a balazos con el ejército y estos señores, viviendo de súper lujo como reyes".

"Bueno hasta se me revolvieron las tripas de ver todo aquello, pero me dije, tranquilo, que yá lograste llegar hasta aquí y esas cosas son las que hay que cambiar, así que dale pa ´delante".

"En las Elecciones de 2016, en las que como usted sabe resultaron electos como Presidente y Vicepresidente los senadores *Philip Farland y José Benigno Macías, o Benny como le dicen acá, también le ganaron a los Republicanos la mayoría en la Cámara de Representantes del Congreso, que los Demócratas no tenían antes, porque solo tenían la mayoría en el Senado.*

*Esa mayoría completa les quito las limitaciones que antes tenían para manejar con más confianza o para acabar en algunos casos, o no meterse en otros, con las aventuras bélicas, de costos millonarios de los Estados Unidos en otros países y para empujar con éxito más programas sociales y de creación de empleos y crecimiento económico en este país".*

*"Pero no todo es color de rosa, Abío. Los braceros o mojados siguen llegando, aunque son menos, todavía son muchos. La deportación de ilegales continúa y no ha bajado de cien mil al año. Todavía llegan menores de edad, muy pocos solos, pero si con sus madres o parientes mayores, tratando de reunirse con sus Padres o Madres que ya están de este lado desde hace más tiempo".*

*"Después de reunirnos varias veces con el Presidente de México y con su equipo más cercano de colaboradores, el asignó al licenciado Marco Antonio Benítez, para que fuera el responsable de encabezar la comisión negociadora del acuerdo llamado de Paz, Concordia y Democracia, para ser firmado entre el gobierno mexicano y los grupos rebeldes, encabezados por el Ejercito Zapatista y los grupos de Autodefensa que aun sobrevivían en Michoacán y en otros estados, al cual se unieron otros grupos políticos de izquierda más radicales, quienes estaban muy decepcionados del liderazgo y de cómo se había posicionado la política socialista organizada en el país, dedicando su tiempo, esfuerzos y el dinero que les da el gobierno para generar y mantener constantes pleitos y desacuerdos entre ellos mismos, los múltiples partidos de la izquierda mexicana".*

*"La verdad es que esto sirvió principalmente para darnos a algunos una paz con honor o perdón institucional. Para*

ser claros, una amnistía por parte del sistema, para que compañeros míos y yó mismo, nos pudiéramos integrar a la lucha política civil con plenos derechos".

"Esto permitió revitalizar un poco la izquierda política mexicana, ya que los comandantes rebeldes, que se insertaron a la lucha política legal, desplazaron rápidamente a algunos de los anquilosados y corrompidos grupos de líderes tradicionales camaleónicos de la izquierda mexicana del PRD, el PT y Morena, y en algunos increíbles casos, hasta de los otros dos partidos, el PRI del centro y el PAN de derecha, quienes solo buscaban siempre su beneficio personal y partidista, pero nunca que México avanzara y hubiera realmente justicia social".

"Esos fueron tiempos muy difíciles pero al final algunas cosas importantes se lograron, como fue la reanudación de la exploración y descubrimiento de nuevos mantos petrolíferos, bajo contrato con empresas internacionales especializadas en ingeniería petrolera".

"Esto era algo que hasta Chávez en Venezuela y Castro en Cuba hacían, pero nuestros monstruos intocables del liderazgo socialista mexicano no lo aceptaban, por considerar que perdíamos nuestra sagrada soberanía, aunque la gente se muriera de hambre".

"Finalmente la producción de petróleo y gas, alcanzó y excedió los volúmenes que se tenían doce años antes. También se logró renegociar un nuevo contrato con el sindicato de trabajadores petroleros, que permite gastar menos, ser más eficientes y estar ahora dentro de los rangos de productividad por empleado de las mejores tres empresas petroleras de propiedad gubernamental en el mundo, porque estábamos en el último lugar".

"Durante las negociaciones directas del Presidente de México con el Senador Benny Macías y sus respectivos asesores, que fueron verdaderamente difíciles, ambos lados *intentaron convencer al lado opuesto para que aceptara determinadas condiciones o compromisos del acuerdo.*

*El Presidente de México, tuvo que renunciar a la estrategia y proyecto de la Plataforma Nacional de Acción Ciudadana por México, la que cual representaba hasta ese momento el corazón de su posición de negociación.*

*Eso lo hizo con muchísima resistencia y pidiendo a cambio la solicitud de condiciones y apoyos financieros para estar de acuerdo en abrirse a la implementación conjunta del nuevo Programa de Manufactura In-Bond y de los apoyos financieros, tecnológicos y sociales para el desarrollo de la población indígena en México que le proponía el Senador Macías.*

*El Senador Macías basó su estrategia de negociación en el hecho de que las acciones del Partido Demócrata lograron eliminar la posibilidad de que se llevara a cabo la Operación El Álamo y como consecuencia el simple hecho de que México no tuviera que recibir en un tiempo muy corto a más de un millón de mexicanos repatriados y el enfrentarse a la posibilidad de que Estados Unidos invadiera la zona fronteriza para establecer y operar Centros de Control de Migración, solo eso, era ya una contribución tan importante que el Presidente de México debería de sentirse obligado a aceptar las condiciones que el Senador Macías le estaba proponiendo.*

*Por su parte, el Presidente de México basó su estrategia negociadora en la necesidad que el Partido Demócrata tenia de atraer el voto Hispano para ganar las elecciones del 2016 y con ese apoyo y colaboración binacional, resolver el impacto interno directo en las familias de los posibles indocumentados Hispanos a ser detenidos y repatriados a México y el posible serio problema de relaciones internacionales y de conflicto diplomático y militar con México, a ser ambos generados por la operación El Álamo.*

*Finalmente después de varios días y horas de estira y afloja, llegaron a un acuerdo, en el que básicamente México aceptó las nuevas condiciones y propuestas del Partido Demócrata, representado por el Senador Benny Macías y los Estados Unidos aceptaron apoyar y colaborar con el Presidente Mexicano, en el lanzamiento del Nuevo Programa de Industria Maquiladora y en la ejecución del Programa Amigos & Friends, con un foco especial en el desarrollo de la población indígena de México.*

*Algo que el Senador Macías nó tenía en su propuesta y que fue un punto propuesto por el Presidente de México para el cierre del acuerdo, fue el Eco-Programa de Renovación del Transporte en las tres mayores ciudades del país, para substituir los vehículos o sus motores de transporte público de pasajeros, y de carga y del transporte privado de carga y de reparto urbano, por motores híbridos de gasolina o diésel trabajando con energía eléctrica".*

*"Esta conversión debería hacerse bajo el programa de las Plantas In-Bond, para que todos los motores y vehículos necesarios fueran manufacturados en México.*

*El objetivo de este programa propuesto por el Presidente Mexicano para que fuera incluido dentro de la estrategia Amigos & Friends, es el reemplazo de vehículos de gasolina o diésel, por vehículos equivalentes con Motor hibrido de combustible y electricidad, para todos los autobuses de pasajeros urbanos, taxis, microbuses, camionetas de transporte público, camiones de carga, camiones de reparto comercial y de recolección de basura de las tres mayores áreas metropolitanas de México".*

*"Se reemplazarían en los siguientes cinco años los motores y/o vehículos por motores y/o vehículos híbridos en las tres ciudades más pobladas de México, incluyendo los municipios vecinos que son parte de cada una de las tres áreas metropolitanas: De la Ciudad de México, de Guadalajara y de Monterrey".*

*"Solo en la Ciudad de México hay registrados setecientos mil de vehículos que califican, representando el 30% del parque*

*total de vehículos de su Área Metropolitana, con una aportación de más del 60% de la generación de Bióxido de Carbono".*

*"El Presidente de México expresó que muchas empresas del sector estarían muy interesadas en participar, estableciendo en México, bajo el programa de Manufactura In-bond, la capacidad necesaria para producir más de trecientos mil vehículos híbridos al año".*

*"Este objetivo es un verdadero desafío industrial, ya que representa una producción de un vehículo o motor hibrido cada 70 segundos por los siguientes cinco años,".*

*"Este Eco-programa es parte de nuestra nueva propuesta y espero que cuente con el apoyo financiero del Grupo que representa el señor Edmund Gartner III, dijo a continuación el Presidente Mexicano".*

*"Hay que mencionar, agregó, que este Plan de Eco-Transporte, al generar las capacidades de manufactura para satisfacer la demanda de más de trescientos mil vehículos de transporte, automáticamente contribuirá al logro de los tres millones de nuevos puestos de trabajo en México y de un millón de puestos de trabajo relacionados en los Estados Unidos del Programa de la Industria Maquiladora o In-bond en México que ustedes nos proponen".*

*"Esto representa resultados importantes inmediatos y la masa crítica y referencia de branding de este Eco-programa para atraer con confianza las inversiones de manufactura de las empresas norteamericanas, que encontraran ventajas de rentabilidad y competitividad cambiando sus operaciones de manufactura de China a México.*

*Al firmarse el acuerdo definitivo, el cual entró en vigor el mismo día de la toma de posesión de Philip Farland y Benny Macías como Presidente y Vicepresidente de los Estados Unidos, se iniciaron los trabajos en todas las iniciativas y los primeros resultados se empezaron a ver en el corto plazo.*

*Estos resultados, la inversión extranjera que llegaba y los financiamientos a programas de desarrollo social apoyados por la fundación Gartner, generaron un apoyo extra a programas muy estratégicos del Gobierno Mexicano que ya había iniciado su Presidente, como fueron la Reforma Energética, la de Telecomunicaciones y la Reforma Política.*

*"Todo esto impulsó el desarrollo balanceado de la generación y consumo de energía eléctrica, incorporando también energías eólica y solar, así como la apertura de las Telecomunicaciones tanto en telefonía, como en internet y televisión. Todas estas áreas, fueron beneficiadas por nuevas leyes, junto con la de la industria Petrolera, que se aprobaron en el 2014, pero fue a partir del 2016, que con todo lo que ha pasado y que ya le comenté, estas dos industrias levantaron vuelo.*

*"Se renovó y limpio a fondo el Sindicato Nacional de Maestros y se triplicaron los presupuestos de educación y de investigación y desarrollo, para construir, mantener y operar muchas más escuelas, ahora con cursos de tiempo completo. Las plazas de Maestros ya no se venden ni se heredan, son por oposición y ganan salarios competitivos".*

*"Se establecieron una serie de tribunales especiales a nivel federal para llevar los casos de narcotráfico, secuestros, contrabando y portación de armas, asesinatos y corrupción de funcionarios públicos.*

*Se establecieron penas de cadena perpetua, con jurados populares para crímenes de asesinato múltiple o de menores de edad, por secuestro y narcotráfico".*

*"Se triplicaron las penas por violencia intrafamiliar y por corrupción de funcionarios públicos de cualquier nivel, creando un marco legal de responsabilidades criminales para los actos criminales de funcionarios públicos, en adición a la responsabilidad y penas administrativas que puedan tener".*

"Se modificó la Ley del Fuero para funcionarios electos, encuadrándolo exclusivamente en situaciones directamente relacionadas con las funciones específicas del funcionario, eliminando su cobertura para casos legalmente comprobados de corrupción y para delitos del fuero común".

"El ejército regresó a sus cuarteles y una nueva policía muy bien escogida, entrenada y dirigida por militares calificados, se hizo cargo de la lucha anti-narcotráfico y de secuestros a nivel federal en todo el país, esta vez, con la participación y coordinación completa con las agencias de la Ley de los Estados Unidos, quienes también empezaron a hacer su parte muy decididamente, para frenar la importación de droga y la exportación de armas y dinero de ganancias del crimen organizado, todo ello por un endurecimiento radical de la reglamentación de venta y posesión de armas en Estados Unidos, que ha sido otro avance importante del Presidente Farland".

"Se modificó la composición de las Cámaras de Diputados y del Senado Mexicanos, reduciendo a la mitad el número de legisladores, dejando solo a aquellos que son elegidos por mayoría con voto directo y eliminando a los llamados plurinominales, que solo era una forma de mantener lideres eternos, con salarios y beneficios altísimos".

"Se redujeron en un cincuenta por ciento los presupuestos de los Partidos políticos y se eliminó el Instituto Federal Electoral y su multimillonario presupuesto, sustituyéndolo por una nueva agencia mucho más técnica y con un costo mucho menor de operaciones y compensaciones a sus delegados, que en su versión inicial ganaban más que el Presidente de la Republica".

"Se duplicó la inversión extranjera en solo tres años con la nueva estrategia de las Plantas Maquiladoras que impulsa fuertemente el gobierno del Presidente Farland en colaboración con el Presidente de México. Como usted bien sabe se establecieron y siguen llegando muchísimas empresas que *ponen sus operaciones de manufactura tanto básica como compleja en las ciudades de nuestra frontera y en otras del interior".*

*"Esas nuevas Plantas In-bond contrataron miles de nuevos trabajadores.*

*El éxito del Programa de Manufactura In-Bond como le dicen ahora a eso de las Maquiladoras fue tanto, que no solo las empresas americanas invirtieron en México para establecer plantas de manufactura que generaran miles de nuevos empleos, sino que las empresas Japonesas como Sony y Nissan y varias Europeas también se unieron al programa para mantener y aumentar sus plantas en México".*

*"Con decirle que hasta la Empresa china Chevry, que fabrica autos eléctricos, puso una planta en Chihuahua para poder exportar sus vehículos a Estados Unidos y también participar en el Eco-programa de transporte urbano con motores híbridos del Gobierno Mexicano"*

*Si Abío, los mismísimos chinos que se montan en el tren de la manufactura in-bond en México, porque ahora les sale más barato armar sus vehículos en México y cruzarlos en corto pa´l otro lado, que hacerlo en China y traerlos por barco hasta América. Además, el Programa In-bond tiene en México y en los Estados Unidos, beneficios importantes de impuestos de exportación e importación para las empresas maquiladoras".*

*"El desempleo se ha estado recuperando consistentemente y hoy hay menos pobres que hace cinco años, a pesar de que la población total del país ha crecido veinte millones más en estos años".*

*"Y el Eco-programa propuesto por el Presidente de México para la fabricación de autobuses, camiones y motores híbridos para sustituir todos los transportes urbanos de pasajeros y carga en la Ciudad de México, en Guadalajara y en Monterrey fue todo un éxito".*

Se abrieron muchas varias fábricas importantes dentro de este programa que contrataron muchos trabajadores y se dejó de contaminar.

Bueno, dió tan buen resultado que hasta le quitaron restricciones al programa del hoy-no-circula en el D.F."

"Ah, y ya se me estaba olvidando algo muy importante, Abío"

"La niña Daniella nos ayudó y por fin se hicieron y yá operan cuatro mil centros educativos muy pequeños, pero muy bien equipados, con internet y electricidad, con agua limpia y baños y canchas de fut. Todas estas escuelitas están situadas en puras comunidades, pueblitos y rancherías de nuestros indios. También les enseñan a los niños y niñas a hablar en su lengua madre, además del castellano y cada dos semanas, todos en el pueblo, tienen visitas médicas, que se hacen en un consultorio especial en las mismas escuelitas".

"Los habitantes, es decir los papás y mamás de esos niños son los responsables y cuidadores de las escuelitas y de que todo esté bien y nadie se robe nada.

Bueno, hasta les dan una Tablet a cada niño y viera como las manejan".

"Por otro lado, se logró que conjuntamente México y los Estados Unidos establecieran con los Presidentes Centroamericanos un programa de apoyo a las familias pobres de sus países, para reducir y controlar la migración infantil hacia el norte".

"Con el apoyo de mucha gente por tres años participé intensamente en casi todas las negociaciones y debates que se llevaban adelante para lograr estos cambios, enfrentando la resistencia en contra de intereses muy poderosos, pero lo pudimos hacer con la ayuda tremenda de los fondos de inversión de la banca mundial, sí, la de los amigos de míster

*Gartner, que nos ayudaron ampliamente para reforzar nuestras palabras con hechos de acciones reales de mejora y no solo promesas electorales y partidistas".*

*"Cuando el Presidente de México vió que la cosa funcionaba, se convirtió en nuestro principal aliado y promotor, y en poco tiempo, al igual que Perú ya lo hacía con su Presidente Ollanta Humala, en México logramos tener un crecimiento económico del PNB superior al 5% anual.*

*"Gracias al presidente mexicano que entendió la oportunidad y los riesgos y supo tomar decisiones inteligentes y a veces valientes, en México se lograron estas cosas y su sucesor parece ser que será finalmente un hombre decente, que luche por México y no por alguna mafia partidista".*

*"Y por este lado, los americanos del Partido Demócrata con Farland y Macías de candidatos, la manejaron muy bien. Muy buena campaña y se trajeron a su lado a todos los Hispanos, que no crea, contando también a los de segunda y tercera generación, me dijo la niña Daniella que ya son 28 millones y de esos una buena parte están en edad de votar y muchos lo hacen por los Demócratas"*

*"La cosa aquella de El Álamo nó progresó. Cuando los que la querían lanzar vieron que el candidato a Vicepresidente sería Hispano, rapidito, creo que a la semana, se echaron para atrás, para tratar de mantener algunos votos hispanos de su lado, si no, imagínese, candidato demócrata hispano y ellos, los Republicanos echando pa' México un millón de mexicanos indocumentados, pues hubieran perdido mucho más de lo que perdieron en las elecciones".*

*"¿Se acuerda cuando le conté del doctorcito Andrés?"*

*"Sí, ese es el mismo doctorcito que rescató a la señora Daniella cuando la asaltaron en México, poco antes de que llegáramos a esta tierra".*

*"Abío, quien me iba a decir, que tiempo después vendría yó, a que él me operara aquí en Houston y que me quedaría a vivir en esta ciudad, para ya no regresar más a nuestra querida patria".*

*"Pues el doctorcito Andrés ahora es una eminencia y trabaja muy cerquita de esta casita, por la calle Fanin, en el Instituto de Cardiología, que es ahí donde me atienden y me pusieron los baypases".*

*"Él sí que me cuida y está muy pendiente de que tome todas esas medicinas que saben a demonios y de que diario salga a caminar al parque Hermann, ese que está aquí a dos cuadras más adelante, enfrentito de la Universidad. Seguro que cuando viene pa'acá lo ha visto".*

*"Sabe amigo, Daniella, la Argentinita bonita que me traje a su casa después de que casi la matan en México justo cuando empezó todo esto y que en ese viaje cuando yo le decía mi'jita se espantaba todita y me pelaba esos ojotes tan lindos que tiene, pues ahora es una gran dama y además mamá de cinco chamaquitos, dos niños y tres nenas, que adoptaron ella y su marido, el ricachón Gartner".*

*"Fíjese que esos nenes son mexicanitos. Yo les dije en dónde está la casa de cuna de las monjitas Pasionistas en San Cristóbal de las Casas, que reciben niños y niñas huérfanos de las comunidades indígenas más pobres de la sierra y fueron por ellos allá a las montañas de Chiapas".*

*"Viera que bien están ahora esos chamaquitos, ni parecen inditos.*

*El otro día me los trajo de visita y hasta hablan español, bueno, hablan argentíno, además de inglés por supuesto y la señora Daniella, pues está feliz. Dice que quiere convencer a su marido de traerse otro niño más, pero esta vez de su tierra, de Argentina".*

*"Seguimos siendo amigos, me visita de vez en cuando, me llama para mi cumpleaños y me quería regalar una casa, pero yó no vine a este país para hacerme rico, eso sería traicionar a mí gente y a mis ideas, así que no acepté y mejor le pedí que pudiera estar más cerca del doctorcito Andrés, que después de terminar su especialización en cirugía cardiovascular, gracias a la beca que le ayudo a conseguir la señora Daniella, se casó aquí en Houston con una gringuita, también doctora y compañera de él y pues ya se quedaron acá".*

*"La niña Daniella es ahora toda una dama de la mejor sociedad de Washington y es presidenta de la Fundación Gartner, que es la que ayuda mucho a nuestros indios, con el programa ese de Amigos & Friends, el de las cuatro mil escuelas que ya le platiqué.*

*Se ha hecho muy amiga de la esposa del Vicepresidente Macías, y trabajan juntas en muchas obras sociales".*

*"Viajan muy seguido a trabajar con las comunidades más pobres de aquí de los Estados Unidos y de otros países".*

*"También manejan una organización de voluntarios que tiene albergues especiales en varios puntos críticos de cruce de niños migrantes en la frontera, que es algo que ha disminuido pero creo que nunca se va a acabar. En esos albergues les dan alojamiento, protección, atención médica y a algunos pocos los ayudan a quedarse acá cuando es posible que se queden, dentro de lo que permiten la nueva Ley de la Reforma Migratoria llamada Farland-Macías, y los que no se pueden quedar en Estados Unidos que son la mayoría de esos niños y niñas que migran solos o con parientes, son llevados de regreso a sus países de origen y entregados personalmente a sus Padres o tutores, con una beca para que terminen sus estudios hasta nivel de secundaria en su propio país".*

*"Creerá usted que Daniella yá se llevó a la primera dama allá arriba a la sierra de Sonora, para conocer a la Virgencita india en Caborca.*

*Bueno, si se mete a su Blog, vera todo lo que hace y lo guapa que está".*

*"Vivo con lo que tengo y me mantengo con la pensión que me mandan como oficial retirado de las fuerzas armadas mexicanas, grado que me reconocieron cuando firmamos el armisticio que le platiqué del ejército Zapatista con el Gobierno de México".*

*"Querían que fuera político, diputado o senador o tal vez hasta presidente, pero luego me dieron los malditos infartos y ni modo, me jodí. Pero lo bueno, es que hay muchos jóvenes que le están entrando con ganas para enderezar al país".*

Ya estaba a punto de despedirme pero no pude aguantarme las ganas de hacerle una última pregunta al "hombre de la pipa":

*"Oiga, tengo una pregunta más que hacerle".*

*"Ah sí, ¿cuál será Abío?"*

Y yo le respondí:

*"¿Sabe usted que paso con los asesinos de John Hank, los que asaltaron la camioneta con Daniella de regreso al aeropuerto de la Ciudad de México aquel primero de Agosto?"*

*"¿Nó se lo dije?"* Me contestó el "hombre de la pipa".

*"Pasaron menos de dos años cuando Farland y Macías que ya se habían establecido al frente del Gobierno, le metieron mucha presión al FBI para que aclarara el asunto y me imagino que también al Presidente de México le han de haber pedido que le entrara con ganas a ese asunto"*

*"Resulta que el difunto John Hank, antes de trabajar con Edmund Gartner III como su jefe de seguridad, trabajó*

*muchos años en la DEA y ahí tuvo un muy buen desempeño y dió buenos resultados, pero por supuesto se hizo de muchos enemigos entre los Narcos más poderosos de México".*

*"John Hank fue uno de los principales agentes de la DEA que colaboró con las autoridades mexicanas para combatir a Amado Carrillo Fuentes, Capo de Capos conocido como "El Señor de los Cielos", Jefe del Cartel de Sinaloa.*

*"Pa'que se dé una idea, este señor amasó una fortuna de 25 Billones de Dólares. Se imagina cuánto dinero es eso, pues todo, verdad".*

*"Lo llamaban con ese apodo porque tenía una flotilla de 25 jets que le traían la cocaína de Colombia. Ese hombre y su gente, metían a los Estados Unidos cuatro veces más droga que ningún otro Cartel, o sea que de adeveras era el mero Jefe".*

*"Pues el tres de Julio de 1997, Amado Carrillo dizque se murió en medio de una operación de cirugía plástica que le estaban haciendo para cambiarle la cara y borrarle las huellas de los dedos y digo dizque, porque nadie lo sabe de seguro.*

*Con todo y las pruebas de ADN y de no sé qué otras pruebas que le hizo la Procuraduría Mexicana al cuerpo que les entregaron, quedaron muchas dudas"*

*"John Hank siguió investigando y no paró hasta localizar los cadáveres de los dos médicos que le hicieron la cirugía a Amado Carrillo. Los habían matado y luego los metieron en unas cajas de acero rellenas de concreto fresco y ahí quedaron adentro".*

*"Como le hizo Hank, no lo sé, pero los encontró y logró detener a los dos pistoleros de Amado Carrillo que estaban presentes en el quirófano y que al morir su jefe, mataron a los doctores".*

*"El hermano y el hijo de Amado Carrillo, que heredaron el negocio y trataban de mantenerlo estaban convencidos de que John Hank apoyó a Armando Olague, uno de los Jefes del Cartel de Juárez, para intentar quitarles territorios de negocio".*

*"Ellos prometieron buscar la oportunidad de vengarse de Armando Olague y de John Hank en cuanto pudieran tenerlos a su alcance".*

*"Según investigó el FBI, los Carrillo Fuentes primero encontraron Olague en Ciudad Juárez y lo atacaron cuando estaba en un bar. El evento fue tan bárbaro, que la policía recogió en el lugar del crimen cuatrocientos cartuchos disparados contra Olague".*

*"Esa amenaza, que con el asesinato de Olague se vió que iba muy en serio, seguramente fue la razón por la que John Hank dejó la DEA y empezó a trabajar con Edmund Gartner".*

*"La mala suerte de John Hank fue que ese día 1 de Julio del 2015 en que llego al Aeropuerto de la Ciudad de México acompañando a Robert Petersen y a la Señora Daniella, el Agente Especial Antinarcóticos mexicano que estaba de turno en la aduana del aeropuerto ese día, reconoció a John Hank por su pasaporte y de inmediato dió aviso a sus contactos, quienes tomaron acción".*

*"Este hombre nó supo nunca qué pasó, pero esa misma noche al llegar a su casa, lo esperaban dos hombres en una motocicleta que lo mataron disparándole ráfagas de balazos mortales".*

*"La investigación de la Procuraduría Federal de México para esclarecer la muerte del agente antinarcóticos mexicano, se inició a continuación y dos años después, en colaboración con el FBI y la DEA, a través de declaraciones de testigos protegidos, se pudo establecer la conexión entre los secuestradores y asesinos de John Hank, el asesinato del Agente y la lucha entre el Cartel de Sinaloa y el Cartel de Juárez y la razón de porque*

*John Hank apareció muerto en aquella barranca de la Mesa de Otay, a pocas millas de la frontera Mexicana".*

*"Se creé que los asesinos de John Hank, de los cuales solo de dos de ellos se conocen los nombres, probablemente ya deben de estar muertos, puesto que nunca más se ha vuelto a saber de ellos".*

*"Lo que si no le sé decir, es si John Hank de verdad estuvo enredado con el Cartel de Juárez, aunque me imagino que antes de contratarlo Edmund Gartner III o su oficina debieron de haber investigado sus antecedentes. ¿No cree usted, Abío?"*

Cuando aquel viejo legendario dió por terminado su relato, me levanté de la silla, me acerqué a él e inclinándome le di un fuerte abrazo de despedida.

Antes de salir, le entregué una bolsa grande de café tostado y molido de Chiapas, comprada esa misma mañana en la tienda House of Coffee Beans, de la calle Bissonnet muy cerca de la West University, ahí mismo en Houston y también le di una pipa de colección que era de mi abuelo, hecha a mano marca Savinelli autografiada, que él aunque nunca fumó, la compró allá en 1950 en un viaje que hizo a Milán.

Cuando estaba a punto de despedirme del "hombre de la pipa" y abrir la puerta del remolque para salir de ahí por última vez, él se levantó y acercándose a mí me dijo:

*"Amigo Abío, lo que nunca podré saber, no obstante que fuí testigo presencial de una buena parte de lo que le he contado en todos estos días, es cual fue el sabor final con que se quedaron cada uno de los grandes protagonistas de esta historia, o sea el Senador Macías y el Presidente de México.*

*Bueno, pa´que me entienda, cuál de estos dos hombres le sacó más jugo a la negociada que tuvieron en esos días".*

*"¡O sea, cual se fregó al otro, o sí los dos quedaron a mano!"*

*"¿Sería que cada uno de ellos creyó que había conseguido el objetivo a costa del otro, dejando a uno orgulloso y satisfecho y al otro derrotado y resentido o de verdad se entendieron?"*

*"Me imagino que José Benigno Macías, una vez que resultó electo Vicepresidente de los Estados Unidos, debe de haber pensado que gracias a su habilidad de negociación, sentido político y astucia, estaba orgulloso de haber derrotado a los Republicanos, incluyendo a los más conservadores que apoyaban la Operación El Álamo y por supuesto, haber logrado los resultados esperados arrancando de las manos del Presidente de México la posibilidad de aprovechar los fondos Financieros para beneficiar a la elite política de su Partido, para dedicarlos a los objetivos que junto con el Senador Farland y con Edmund Gartner III, consideraron como lo más apropiado, después de sus conversaciones conmigo y con la señora Daniella".*

*"Creo yó, que Macías debe de haber pensado que al cierre de la última reunión que tuvieron en los Pinos, acabó con la aspiración para que el Presidente Mexicano lograra salir adelante con la estrategia para desarrollar la Plataforma Nacional de Acción Ciudadana por México y las acciones de la misma, para instalar la protesta masiva, que habían acordado ambos previamente, de tres millones de mexicanos emplazados pacíficamente a lo largo de las dos mil millas de frontera común".*

*"Por todo lo anterior, Benny Macías pudo haberse convencido que para resolver el peligro y triunfar en las elecciones, no tuvo más remedio que llevarse por delante al Presidente Mexicano, lo cual consiguió con habilidad y sin mayores consecuencias, ya que su posición final con el Presidente de México fue firme, aun cuando posiblemente pudo haber dejado en él una tremenda decepción y frustración, al no poder cumplir sus expectativas políticas y económicas en la negociación con los americanos para llevar adelante la Plataforma Nacional de Unión Ciudadana".*

*"Aunque esto que le digo suene lógico, ahora Abío, fíjese bien en esto otro":*

*"En contraste con lo anterior, también pudo darse la posibilidad de que el Presidente Mexicano crea sinceramente que salió con éxito de todo este proceso, gracias a su gran habilidad y sensibilidad política, que le dió el juicio para no aferrarse a un escenario que había cambiado drásticamente y de esa forma, con flexibilidad y astucia, haber sabido sacarle al Senador Benny Macías y a sus representados, enormes fondos financieros y apoyos muy importantes para resolver serios problemas de educación, salud e igualdad de millones de mexicanos de origen indígena y además de eso, lo más importante, conseguir el apoyo absoluto de los Estados Unidos para relanzar con fuerza el Programa de las Plantas In-bond o Maquiladoras".*

*"Pienso esto porque como usted sabe Abío, en corto tiempo las nuevas Plantas Maquiladoras que se instalaron en México, empezaron a generar un número importantísimo de nuevos empleos, de inversión extranjera y de llegada de divisas por las exportaciones de bienes manufacturados, ayudando al equilibrio de la balanza de pagos, a controlar la inflación y sobre todo a disminuir en algo la migración de mexicanos a Estados Unidos en busca de trabajo, además de que México consiguió todo el dinero y compromiso que necesitaba para su Eco-programa de Motores Híbridos en el Transporte Urbano de Pasajeros y Carga en las tres mayores ciudades del país".*

*"Creo que por todo ello, tal vez el Presidente de México se sintió orgulloso de haber manejado las cosas así, quedándole la percepción de que él logró conseguir lo mejor para México, para él como Presidente y para su Partido, aprovechando las ventajas que consiguió en las negociaciones con el Senador Macías".*

*"Así pues Abío, ahí le encargo pa´cuando pueda, que por favor averigüe cuál de estos dos señorones creé que le ganó la partida de Ajedrez al otro, o sí acaso curiosamente los dos creen que son ganadores y si todavía no me muero de viejo,*

*pues viene y me lo cuenta, que me dará harto gusto verlo de nuevo por acá".*

Le dí un apretón de manos y salí de aquella casa remolque, con una sensación muy especial.

Por alguna razón desconocida, justo en ese momento me sentí más libre y feliz.

Creo que a partir de ese día, sin darme cuenta, yó también empecé a soñar despierto, aun cuando sospecho muy dentro de mí, que quienes piensan que la imaginación no tiene límites, tal vez están equivocados, porque si fuera así, hoy podrían estar ondeando banderas con cincuenta y un estrellas a todo lo largo del lado mexicano de la larga frontera con los Estados Unidos.

# ALGUNAS REFLEXIONES FINALES DEL AUTOR

Mi intención fue configurar una historia imaginaria para reflejar la magia de la verdadera realidad de la compleja convivencia de dos pueblos vecinos, con diferentes culturas, diferentes pasados, diferentes personalidades, diferente ejecución de sus respectivos sistemas políticos y un futuro que cada día que transcurre, se va convirtiendo en algo menos diferente.

Hoy los "Hispanos" o "Latinos" somos yá un porcentaje muy significativo de la población estadounidense y a medida que avanzamos, vamos creando en nosotros mismos una nueva cultura, identidad, y valores producto de la mezcla y la evolución a veces agradable, a veces invisible y muchas veces dolorosa de dos pueblos, el norteamericano y en mi caso particular, el mexicano.

Esta Novela está inspirada en una realidad positiva de logros y avances, matizados siempre por fría injusticia social, corrupción, juego de poderes, manipulación y vicios políticos, en contraste con la existencia cotidiana y los sentimientos que vivimos todos los seres humanos, protagonistas y victimas inconscientes de esa compleja ecuación.

Por otra parte, hay que reconocer que nada de esto es nuevo, ni exclusivo de estos dos países y de los desafíos que enfrentan para llevar adelante su relación. Creo que la humanidad siempre ha sido así y solo cambian los nombres, los lugares, la época y los medios.

Espero sinceramente que esta historia les haya complacido y de paso, conozcan un poco más de algunos lugares, sentimientos, realidades e ilusiones de las personas de estas dos naciones, que hoy son mi casa.

Por supuesto, mi agradecimiento a todos los personajes, que aunque ficticios, cada uno de ellos intenta parecerse a algún personaje real.

También, una muy especial gratitud para ese personaje a veces misterioso y hasta distante del "hombre de la pipa", que sin el saberlo y gracias a la imaginación, solo para protagonizar esta novela, bajó de la Sierra de Chiapas, dejó el fusil y se quitó del rostro el eterno pasamontañas que le cubría la cara, para acabar viviendo sus últimos años, acompañado por sus recuerdos en un plácido retiro en Houston, Texas.

## THE END